每日一诗

MEIRI YISHI 2022NIANJUAN

2022年卷

谭五昌　主编

中国文史出版社
CHINA CULTURAL AND HISTORICAL PRESS

目录

辞旧迎新 / 杨志学

又到了一年一度祝福的时辰
春风已醒来，大地正怀春
我们仍以热烈的红来拥抱节日
并在传统中不断注入现代的气息

我们是在劫难中感受到生存美好的人
也像在海啸到来前登上山顶的人
告别沉重的阴霾，迎来解冻的晨曦
道一声：地球不老，人类常新

十一月廿九

岐山新年诗会 / 甘建华

有些些醉氧。从凤凰谷登山
麻石步道，不染一点尘埃
经霜后苍绿的古树名木
在鸟雀啁啾声中，列队欢迎
远道而来的爱诗人

树木的名字，像诗一样美妙
银杏。闽楠。金荞麦。野大豆
千年国槐，缠绕着吉祥的红布条
凌云榔榆，像一个伟丈夫
麻栎，实乃舒婷笔下的橡树

2

十一月三十

仁瑞寺前，一株百年粗糠
金色的阳光，从枝叶重叠的
缝隙，照亮林中的碑石
净心林石磴处，皂荚与桑树
左拱右护，仿若人间门神

新年，在岐山国家森林公园
开《每日一诗》朗诵会
事前，得参拜沿途的古树名木
它们身份尊贵，义薄云天
它们，是缪斯派来的使者

写诗的感觉 / 徐春芳

雪后，风开始动了
梅花上阳光在灼烧
长着角的兔子
在我脚下奔跑

林中的美人
踏雪无痕
你看到的背影
孤寂无尽

词语用光了子弹
留下空荡荡的山峰
一只鸟的聋哑
杀死了春天

3

诗打开锦绣河山
高卧着我的思想
幸福穿上了新装
想要的日子，是面包
蘸上一片做梦的月光

雪 旅 / 张 烨

我从孤寂的雪谷中来
现在我要回去了
离开这座城市

是我要离开你的。那晚，你很爱我
是我突然发现被暖气装置燠热的屋子
献给我的玫瑰色调我不能接受
我有了冬天的心境
懂得了一切存在与不存在的寒冷
我更觉得孤寂的雪谷样样都好

一棵树上最后一片树叶急促地呼吸
我停步回首，雪在倾斜着流动
被房屋装饰的街景在流动
雪很亮，流动的面孔也很亮
我的眼中涌起一阵怜悯
我没有移动
"原谅我给你带来了痛苦"我轻轻地说
现在我上路了
走向雪白的路是艰难的
走向雪白的路是坚定的

4

腊月初二

小 寒/萧 风

"腊八粥"余香尚存，小寒已站在面前。

在这寒冷的日子，"腊八"是个可以取暖的词，就像你的名字让我倍感温暖。

结冰的日子，我分明听到花开的声音。

一如你梦中的呼唤响在耳边，真实得近乎虚无。

必须用心倾听。

必须用心感应。

就像大雁北归，喜鹊筑巢，感知阳气的回升纯粹是一种本能。

爱，其实就是这样——

不是因为被爱才幸福，而是因为心中有爱才幸福。

"一九二九不出手，三九四九冰上走……"

这首九九歌，我们一起唱过许多遍，每唱一遍心里就会增添一分温暖。

而如今，我已客居江南，河面上再也无冰可走，再也不用扶起一串串滑倒的笑声。

没有冰封没有雪飘的冬天，总觉得有种淡淡的失落。

就像没有你的日子，思念常常彻夜难眠。

总是忆起那个飘雪的冬季，总是忆起踏雪寻我的你。

在我的心空，漫天飞舞的雪花都是你温暖的名字。

我知道，我再也走不出那个飘雪的冬天了，正如走不出你思念的梦！

5

小 寒

在冬日的清晨醒来/童　蔚

在大地没有抹干雪迹的凌晨
新雪带着旧雪
落入"暴风雪"的餐馆

雪花喷吐着烟雾
雪豹翻身
不愿醒来

6

腊月初四

滑脱的靴子在松树前
嘘！……愚蠢的错误
已不能醒来。

穿过松茅簌簌的围墙
驯鹿返家
越过冰河，是必然

雪地在梦境中撤退
但傲岸的冰川
不能醒来！

月光铺撒银色的教诲
一团肉粉色的鱼游入旋转门
它们的消失……

使我顿然醒来！

季风 /林雪

生活虽有小美
仍然留不住青春
当铁轨作为琴弦醒来
它弹奏着《上帝也曾来到我家乡》
那么多的愚钝使邻居
无人对他相认
他什么都预言到了
不虞之誉，求全之毁
幸福、痛苦和流放
季风和韵律
已将我们塑造成形
此刻你望向大海
并领悟着一月
她与你脚下小水洼之间
那神秘遥远的手足之情

7

腊月初五

羊蹄甲 / 向以鲜

被冬天的雨水和阳光
挑剔过的透明蹄印
是搜尽奇峰的老盘羊
唱给世间最后一支
忧伤的山歌

8

腊月初六

哈尔滨的雪 / 阎　志

白色的　耀眼的
我们扑向你
我们从未如此纯洁

我们以为那漫天飞舞的你
是为我们开放
其实不然
你无所畏惧的开放
只为了回应千年前的一次相遇
一切与行人无关　与情感无关

白色的　耀眼的
祖国的东北　天空中飞舞的你
张开双手　如同翅膀
飞回千年前相遇的空间
虽然时间不对　人物不对
但你无所顾忌
因为你从未离开

9

腊月初七

腊 八 / 雪丰谷

接过瓦楞下冰柱的话茬，就知道
腊八来了。千里奔波的雪
哆嗦着就像南渡北归的打工族
忐忑的心情。上辈子欠下来的白条
即便撕碎，照样能埋人

这一年的腊八，朔风喜欢翻旧账
雾凇跟过来，嘴巴抹着猪油蜜
说牛奶倒进河里图个啥
物价也来了，个头越长越高
脂肪越积越厚……更多的表白赛雪花

腊八腊八，眉毛胡子一把抓
热腾腾的八宝粥，老百姓的吉利话
孩子们满头冒着热蒸气
钻过篱笆墙，嘻嘻哈哈
腊八，腊八，老人们爱摸的下巴

10

腊八节

塔尔寺的雪 / 杨廷成

大风吹了一夜
雪自遥远的巴颜喀拉飘来

通往殿堂的石阶上
来自天南地北的人们心生欢喜
每一扇朱漆斑驳的松木大门
在这个吉祥的日子里为你洞开

诵经声在袅袅的桑烟里
如春天之水滋润久渴的梦幻
酥油灯生生不息的火焰
点亮了因期盼而浑浊的眼

转经筒的咿呀之声
伴着雪花在天空中舞蹈
疾风中穿梭在雪地上的僧人
是一粒粒点在大地额头的朱砂

匍匐在风雪里的人们
在铜铃的叮当声中挺直腰身
菩提树的雪枝上鸟雀齐鸣
合唱着一曲关于春天的赞美诗

我听见所有的人心如止水
我看见所有的佛拈花微笑

11

腊月初九

一 月/远 村

看见大地春回，我心爱的人
她走在一月的草上
看见劳动的人，衣衫单薄
整整一个春天
我心爱的人，面色如花
我们的快乐在草丛中奔跑
回来吧，回来
我会将春天的草地牢记
我会把春天之后，所有时光抱在怀中
整整一个春天
我心爱的人，在草上，比蜜还甜
她的浅笑，把春天的歌手
打动得，走投无路

12

腊月初十

雪莲花 / 邓诗鸿

前往珠穆朗玛峰的途中，遇到了突兀的
巉岩，和悬浮其上的，一朵雪莲
——这苍茫人世间，最后的一朵……

尘世中，万物在一点一点的萧杀
一点一点，成为漫无边际的虚无……
挽留不住尘世间，最后一点温度——

一阵风吹过来，裹夹着雪
雪莲花点一点头，有点轻描淡写
群山深处，一朵花，提升了一个异乡人
内心的温暖，善良，和隐忍——

13

腊月十一

空白信笺 / 布木布泰

亲爱的，你看——
像小鸟读懂了春天的隐喻
所有玄妙的色彩慢慢打开，次第走进原野
飘荡炫音的时空挥动透明的翅膀
世界是透明的，在阳光之上
所有透明的事物宛若美丽的尘埃
贴近睫毛，生动的雨水打开万物的梦境
我们。也是透明的

14

腊月十二

漫步林中，看见冬天的残雪
等待我们疼惜的眼眸，和没有来得及擦拭的泪水
仿佛习惯了别离，然后回到山茶花盛开的故乡
为什么没有拥抱，是怕离别的伤痛
会传递给空气？
是不是已习惯了孤独，习惯了
在孤独中与挣扎的自己和解
盘点曾经的分离与欢聚，如同分辨
黑夜与白昼在繁杂的交替中，不断模糊的界线
在故乡，我们找不到可以对酌的月亮

亲爱的，或许我们活着
只为拥有一片春光
只为像小鸟那样，自由地飞翔
或歌唱

在天山脚下 / 李东海

抬头望去
就是皑皑的雪峰
满脸冰霜

翻过山去
是星星点点的翠绿
然后，就是瀚海滚滚的黑浪
在天山脚下
你可以冥想草原的骏马
风驰电掣
可以畅想，冬至的大雪
被一万匹白马从山谷带下
你还可以怀想，春天的桃花
被春风的少女撒满了西部的边城

在新疆，无论你走在哪里
其实你一直都走在天山的脚下

15

腊月十三

雪地上的麻雀/宁　明

寒冷中觅食的麻雀
三三两两
把灰突突的心情
点缀在洁白的雪地上
像白纸上洒落的几滴墨

这几滴跳动的墨
逼着冬天，说出什么是黑
什么是白

16

腊月十四

大雪是一枚糖衣 / 齐冬平

雪把一切都覆盖了
白衣素裹雪飘摇
是时候向北方进发
着一身彩色招摇

坐在豫园房舍之间
不远处硕大的白衣
包裹着甜美的大白兔
炫着南国的呢喃
掀动北方白雪的凛冽

17

腊月十五

躲进大白兔的白衣里
不够寒冷不够纯洁
挣扎着赤身扑进
纯朴的雪的世界
一座冰雕诞生

祥和地向外打量
和自己熟悉的生命体
一个个拱手相念

冰中的鱼/沙 克

骤然降温
水，越来越黏稠
鱼使劲地游尾巴摆动着
摆动，痉挛……
被裹在一小块冰中
过了一夜被裹在一河的冰中

看似琥珀
却不能拿在手中把玩

融冰时，水流把断气的它
冲得了无踪迹
它的遭遇远不如温水煮青蛙
青蛙是安乐死
它死于挣扎

冰中的鱼
被喜爱温水煮青蛙的独尊者避讳
向来只字不提

18

腊月十六

回故乡 / 姚江平

回故乡吧，回到生我养我的故乡
回到有玉米有大豆有葵花有谷子
有杂草有飞鸟有蚂蚱有蚯蚓的故乡

回故乡吧，回到一盘土炕
回到一头毛驴拴着的磨盘
回到一首诗带着牧歌的韵调

回故乡吧，让月亮抱着我的影子
让松鼠牵着我的幸福
让我的一声咳嗽迎接那片飘在头顶的雪花

19

腊月十七

大 寒/涓 子

下了一夜雪
手可以够着天了

玻璃上全是冰花
像二月的梅
手指一碰就润湿一个洞
星星坠在里边
一条深井里的船
恣意佚荡
惺忪丝光下，一颗露珠
沿起伏鼻息声
破冰梦游——故乡的海上

20

大 寒

梅 / 姚 瑶

冬天，某个早晨。我看见
一朵被冰冻裂的梅花，它孤傲、冷静
多像我，站在十字路口
等待冻裂一样

在南方，一朵梅花与寒冷
同时盛开。颤抖的一枝
恍若那一季的恋爱

一朵梅花，总结冷暖
匆匆忙忙走过四季
春天就在眼前了
只是一回头，脚步已经紊乱

梅花，躲在寂寞的时光里
静静等待初春的第一缕暖阳
盛开的，不仅是心事
还有藏在花蕊里的忧伤

21

腊月十九

南京下雪了 / 远　帆

在这个
留不住雪的城市
落雪
就像在
这个喧哗的世界
谈诗

雪
一定要让她看
世界一片洁白的样子
诗
微笑着注视
他徒劳又可爱的尝试

22

腊月二十

冬天的咸鱼 / 衣米一

对面那房子的阳台上
有个中年女人
在洗口罩
她从盆里反复
将口罩提起来
又放下去
好多个口罩被她拎起时
那样子
像拎起一串冬天的咸鱼
抹上盐
滴着水
她在稀薄的阳光下
又洗又晒
充满希望
这些口罩会
再次戴上一些人的脸吗
一小片天蓝色
再次挂在她丈夫
她孩子，她自己脸上

腊月廿一

白 / 尹宏灯

白在漫延
漫天的雪在飞

它们漫过
一座座山峰，屋顶
一些人走在
雪地里，变白

在飞雪漫过头顶前
我得拉紧一些人的手
往白里加黑
生出一堆炭火

24

腊月廿二

等待春天 / 尹 坚

在肆虐的寒风中
雪花开始一点一点飘零
做好迎接春天的准备

虽然身穿大衣
但我等待春天的心情早已透明
虽然天空阴霾
但我期盼春天的天空早已晴朗
虽然寒风扑面
但我等待春天的内心
早已暖风习习

25

就在我迫不及待的期待中
漫长的冬天总在缓慢地踱着步子
我已开始被打磨得漫不经心
不经意间
猛然发现
河堤上的柳树已透出
米粒大的嫩绿
让我惊喜不已

腊月廿三

今日之雪 / 张　琳

用一日去喂养这些玉蝴蝶
用一夜
等它们像尘埃落定。
看仔细了
这就是命运——
和我的多么相似：为了那难得的温暖
献上自己的一生。
这一日
群山就像假的，树木懂得了易容术
我一个人从城南走到城北
心藏一朵雪花的秘密。
这一夜，我拧亮灯光
试图看见事物的真相，我
在心里设想了无数种谜底
只是为了一生
能做一朵雪花
没有完成的事情。

26

腊月廿四

遭遇一场大雪 / 周晋凯

那一年
种菜的人很多
雪下来得也很早
没有收获的大白菜
被一场大雪
压在了地里
好多年过去了
现在谈起雪
种菜的那些人
没有谈论雪后菜地
那一片狼藉
没有谈论那场大雪
给他们带来的损失
他们是用自豪的口气
交谈大雪之后他们
各自采取的
补救措施

27

腊月廿五

独钓寒江雪 / 张丽明

鸟儿早已迁徙或者沉睡
人间名利，被一场雪覆盖
万物打回了原形，寂寞开始变得
赤裸。细微的声响
打破岁月的慵懒，从江边传来
一孤舟。一蓑笠。一渔翁。
有个人的心突如枯枝，从半空断裂

28

雪的来历不明，渔翁的来历也不明
唯一明朗的是——
渔翁将雪钓起
而你将渔翁钓起
一同钓起的，还有
胸中挥之不去的万千孤独

腊月廿六

你用孤绝的眼神投身于白雪中
白雪回你以孤绝
你用温暖的眼神看向渔翁
渔翁报你以温暖

身后的江山，已非永州司马的牵挂
渔翁钓起一江冷雪后
你也被雪钓起
通体清明澄澈。悬在每一个飘雪的清晨或者傍晚……

冬 藏 /吴 涛

冬藏这个词语
它是没有地域性的一种文化
或血脉。一位中医担忧地说
海南就没有冬藏。
其实不然！现在如果我不居住在
寒流肆虐的北方
而是在艳阳高照的海南坐着
这种状态，也是在冬藏

29

腊月廿七

年 关 / 李自国

年关将至，大街上流行的面孔
张灯结彩，火车站的蛇皮袋
说着异地方言，飞机场的拉杆箱
像走马灯，汽车站的大包小包
撞弯了青春的腰，人来物往，挤眉弄眼

它是流浪在外的粮食和蔬菜
它是一块半文半白的腊肉
它是一瓶睁只眼闭只眼的老酒
它是吞了又吐，吐了又吞的爱情
它是打情骂俏、视而不见的乡规民约
它是周官放火，百姓点灯的好戏连台

一节车厢一条大街的酒话、好话、大话
年关是一次次串门，一回回返家
一场场麻将的大鱼大肉一桌桌干瞪眼的盛宴

年关是一本账，算不算心里都明白
年关是一碗酒，喝不喝都被故乡水点燃
过了年关还有关，不知天上宫阙
今夕是何年？何处是乡关？

30

腊月廿八

除夕辞或拜年帖 / 李　皓

亲情卷土重来，让白生生的饺子
七大姑八大姨一样粘连在一起
孩子们是些叽叽喳喳的小鸟
怎么也抵不过远处的鞭炮声
它们大声地说出了隐忍的孝道

那些烟花，是提前打开的春天
春天在上，红火的日子在上
有鸡有鱼有血有肉有哭有笑
有亲人的灵魂，冰雪的诗篇

31

那不咸不淡，群发的祝福和问候
正在被唾弃。那变了味道的红包
在各种名目的微信群朋友圈里
极尽狂欢之能事，不痛不痒

除　夕

民俗正在无奈地消失殆尽
对父母的守候也显得弥足珍贵
对着两张熟悉的面孔，我常常
无言以对，只好提着尘世的灯盏
从五更出发，在自己的怀里
种下慈悲，种下一滴泪水的羞愧

过 年 / 刘西英

1

春　节

红尘滚滚而来
光阴匆匆而去
在新旧交替的节点上
不论平凡抑或伟大
我们荣也过年，辱也过年

三十年前沧海
三十年后桑田
在历史交替的节点上
不论繁荣抑或衰败
我们忧也过年，喜也过年

春后必有冬天
冬后自有春天
在季节交替的节点上
不论喜悦抑或悲哀
我们冷也过年，暖也过年

老的一定老去
小的也会老来
在岁月交替的节点上
不论成功抑或失败
我们甘也过年，苦也过年

年 夜 /雪 鹰

神与煞都在此刻齐聚
爆竹驱赶阴气，顺手丢下
更多的快乐。贴上标签的
夜晚，人生共享的夜晚
你的餐桌在哪里

声浪迭传，满世界的幸福
你在这团空气里，浸泡
世上便多了一枚香甜的核桃

在朋友的家宴上，感觉
年夜更像年夜了，莲子酒
与美食，只是点缀

年的味道，在微醺的
佳处，在百米之外的
武义江上，闪烁淮水的
波光。烟花炸开的天空
是坛头的，还是油王的？

2

正月初二

年的味道 / 牛国臣

小时候过年是期盼
新衣的沉醉
美食的诱惑
红包里的压岁钱
都成为储存的记忆

而今年被酿成一壶老酒
有憧憬有沧桑
更有难以忘怀的多彩时光

3

正月初三

不论今昔还是老少
也不管你是怎样的心情
日历的脚步都不会停止
年将义无反顾地如期而至
带着吉庆祝福，送来节日微笑
人们奔波在思念的路上
装点着回家的风景

岁月轮回，年已浸入中国的骨髓
穿透华人的情感深处
一切都在改变
不变的是，团圆饺子欢快鞭炮
还有华夏千载文明年的味道

立 春/杨 梓

东风吹过，大地沉睡如死
蛰居地下的虫子与土粒没有区别
湖面上，几个孩子打着陀螺
冰下的鱼儿一直围着他们

寒冷依旧，白雪舞成梨花
柳色尚未浅黄，水边亦无新绿
但一草一木都知道：春临人间
东南风里也有一丝不易察觉的柔软

尤其是北方，历经漫长的冬藏
积雪之下，冬麦的种子正在苏醒
哎啊，你对春天的开始最为敏感
我的一湖碧水，仿佛已经破冰而去

4

立 春

立　春 / 周庆荣

冰和岸的接壤处，出现一湾柔柔的水。春天的证据，在于冬天的口气已经开始松动？

立春这一天，人们要告别的语汇有：凛冽的寒风、坚硬的冻土，行走时必须高竖的衣领和被枯叶砸痛的目光。

我要多走几步，在市郊的土路上，迎候即将北归的鸟群。从广泛的田野，首先发现除了麦苗，那些青草、野菜也在春天醒来。

那些抓着冬天不放的人，会向被冬天伤害的人致歉？

立春，忘记背景。

只为相信春风就要拂面。

5

正月初五

又一年 / 刘合军

乡居的春节
有城里没有的
一浪又一浪的鞭炮声
有受惊的汽车和狗的随声附和
衔泥的燕子从一楼　飞到四楼
绕梁闹春
它的飞舞
是否象征一个年夕的升腾
也许，这只是一杯啤酒的泡沫
但足以铭记
这种触碰舌尖的感觉是一种
画地为牢的穿越
也许，我无法参透这只燕子的
未来和去向
也不能，参透
又一个水复山重的春天

6

正月初六

室内生活 / 潇 潇

北京的春天
被绿色催促着
地上、树梢
都生长着哗啦啦的春意

一路小跑的春天
追赶着生命
没有一个人
像往常满面春风来到这儿

7

正月初七

人们从远方
返回室内，行为
在阳台来回踱步、跳绳
在卧室捶打关节
摇晃脑袋

听雨珠一滴一滴
落在玻璃上
看春天不耐烦地
翻过去一大页

外面的世界都浓缩在窗口
所有的生活
都是室内生活

春风的指挥 / 卢卫平

枝条上冒出
一串串毛茸茸的嫩芽
像被雨丝淋湿的
乐谱上的音符
小鸟从一根枝条
跳到另一根枝条
在每根枝条上停顿的瞬间
小鸟发出清脆的叫声
跳跃是小鸟的休止符
我没有去数有多少只小鸟
就像我不会去数
一支乐队有多少乐手
我不知道哪只小鸟
是首席乐手
每一根枝条
都是柔软的指挥棒
在春风的指挥下
演奏小鸟的音乐会

正月初八

雨水来了 / 李　强

雨水落在山坡上
吻在梅姑娘脸颊上
换来一声娇嗔
讨厌

雨水落在农田里
跌进油菜花怀里
黄花点点头
没说什么

9

正月初九

雨水迎面撞上老斗笠、旧蓑衣
泪流满面
唉！物是人非
这个人已不是那个人

雨水斜飘进《唐诗三百首》
惊醒了杜工部
哟！宝贝来了
你这个蹑手蹑脚的小家伙

新富春山居图 / 唐成茂

潮湿的身子　以蛇的方式
让幸福绕道而行
春天已迫不及待　池塘里的花朵
迎风成人

青春左右抖动　理想墨迹未干
昨天漫山遍野的大雪　抹平纷争
春风又被春天　从心口的位置
踩出吱呀之声
紫藤草和一些哲理　已有默契

门前那口老井　装着《苔丝》
井里没有污泥
百年老井才可能　守身如玉

已长大成人的芭蕉　以及厚道
被赤身裸体的黄牛　慢慢咀嚼
所有村道都为新年的第一场雪重新定位
民俗洗了一遍又一遍
白胡子老人戴着斗笠和道德　站在乡村的心里
站在国和家最关键的部位
像前线的老兵　守着自己的战壕

陌生的雪／姚　辉

我认识上百种山峦　但只有这赤色山峦
留住了那一大片陌生的雪

每一道雪痕都卡住过一种黄昏　雪
还能再卡住什么？大鸟高于夕照
每一片雪都让鸟的回望　变得炽烈

11

我可以转到大雪侧面　用鸟影
织一面旗帜　我想挪用一部分星光
让天穹熄灭最早的灯盏
我想在雪的脊梁上　写下
整个时代灰暗的声息

正月十一

而陌生的雪带来熟悉的疼痛。谁
是被雪的警觉唤醒的人？雪
加厚了二月的疑惑
一次遥远的雪　让多少灵肉重新相遇

二月豪雨 / 宇　秀

二月，雪一路赶得太急
赶到今夜，赶到门口，赶成一场豪雨
难怪此月出生的婴儿嗓门特别凄厉
所谓的早春在阴冷中带着戾气
门后的灯以微弱的光照亮阒静里的喘息

白色止痛片在腹部的刀口上舔舐
那个被医生从子宫里拽出来的人
替母亲的痛号嚎了半生
直到另一场分娩完成在雨中
总算有人代替了她的哭声
然而，终究不能以类似的痛偿还母亲
一任可能的瑞雪赶成豪雨而无动于衷

12

风，翻回的日子已远离日子
只是轮回到岁月里捉影
夜深处，伤心像新鲜的刀口一样清醒
二月的雨似墨汁，把夜涂得更黑
我把脸埋进墨汁里，让雨哭去一半的疼

正月十二

一朵花的春天 / 祁 人

一朵花长在树上
或开在枝头
仿佛与我无关

它是美的，它的孤傲
也是春天的色彩
捧它在手心
覆盖了一道道纵横交错的
掌纹
犹如覆盖大半辈子的人生

我不忍猜它的名字
来自异域，抑或外星
一枝一朵，总是一道门
连接着天堂抑或地狱

一念之间，一朵花
瞬间令我打开
内心的春天

13

正月十三

写在情人节 / 路小曼

大声喊一声
春天就一层一层打开了
再喊一声
几枝桃花从唐诗里逸出
给诗饮最干净的月光
就有了微醺的感觉
拎着半瓶酒
不去看，不去听
这个春天是否多情
不去想，为什么一朵落花儿
会在眼眸里招来一场雨

14

正月十四

早 春 / 赵立宏

从河水的倒影中
才发现岸上的柳树
已有了绿意

15

元宵节

樱花，开在二月里 / 高发展

停车，走上山间小路
轻轻地，我们怕惊吓你的绽放

花期，提前半个月
惊喜了庐山的早春二月

方竹寺，因竹子是方的而出名
方和圆，在这世外桃源一样地成长

16

山的樱花，一株二株三株三百多年的树龄
我说爱你一双黑眼睛从下往上看天空樱花下着小雨

下雪了，冷吗，一身拖地的婚纱
芒鞋破钵，一米远，今夜你是谁的新娘

正月十六

北京之春 / 安　琪

春天在永定门外等我
我从十四号地铁冒出头，杨柳树
已抽出嫩绿叶芽儿
摩的米师傅年轻
拉着我过陶然亭
过先农坛
来到金泰开阳大厦
春天从一本诗选冲出来迎接我
它说，诗人，我已读过你的诗
春日熊熊
春日熊熊
能点燃春天的人都是了不起的人！

17

正月十七

春 天 / 施 浩

泥土在春天腐烂
喷射出落叶和湖泊的水汽
我们组成一支合唱队
赞颂去年倒下的鹿群
开放五种香液的鲜花
蜜蜂呵　看见你的时候
我就想到一月降至
二月的孩子　　哭啊！唱。

泉水向北流淌

泉水的情人
在花蕊腐朽的男人的尸骨堆里
我检查过旱地上长出的绿草
有几株是她们发顶上掉下来的
亮闪闪的献诗

亮闪闪的清晨　　在二月

18

正月十八

雨 水 / 堆 雪

小到细碎，小到珍惜
小到心里闪闪烁烁
这世上不易得手的东西来了
远处的灯火，近处的流水

还可以更小。小到柳叶
小到微尘。小到不计前嫌
雪已过阳关，风已在马背
一幅折扇里的江山，正被打开

19

所谓春天，就是
獭祭鱼。雁北飞。草起身
所谓幸福，就是
怀里生火，眼底湿润

雨 水

戴口罩的风景——致春天 / 孙大梅

火车载我
穿过了诸多的乡村城镇
以及绿色森林里的林海涛声
我看到的人们
每个人的脸上
都戴着一张：通往春天的通行证

20

正月二十

捧着春的笑靥 / 唐德亮

从寒夜中探出头
从冰雪中伸出双手
托着一叶芽苞
一片绿色的，鹅黄的春天

手捧春天
捧着春的笑靥
捧着春的明眸
捧着春的光影
捧着春的雷声

21

正月廿一

这笑靥生动着祖国的大地
这明眸亮丽了一扇扇心窗
这光影擦亮了亿万双瞳孔
这雷声渡过寒潮袭击的心之原野

手捧春天
捧着一个个透明而温暖的早晨
捧着一道道闪烁的霞霓
就是捧着一个新时代的嘱托
捧着火一般蓬勃迷人的明天

春 水 / 王涘海

你以最谦恭的姿势
匍匐着
爬满这块土地全身
虽然你出身高贵
万里云天而下

无数的人
慕名而来
他们
从拥挤的人群奋力挤出
只为在你面前站一站
洗洗自己被尘世熏染的心

22

正月廿二

蔷薇花开了 / 王永江

妹妹，春天来了
你的相思是一群蜜蜂
唱着我寂寞的情歌

妹妹，蔷薇花开了
我的爱情是甜甜的蜜
带着你的花粉香

妹妹，让我们一起飞吧
飞到美丽的蔷薇花上
那是爱情的天堂

23

正月廿三

喊　春 / 吴海歌

从蜜蜂的影子里，飞出蜜蜂
从白云的漂浮里，娩出白云
春天，从少女的歌喉喊出——
重叠、多彩的春天

宽域，与纵深。隐入花枝和花蕾
延伸到融冰，和蝶翅
柳条婀娜，临水照影

枯木，长出菌菇一样的耳朵
一两片嫩芽，是春的舌头

老人喊春，声音里：
一半苍凉未尽，一半春风又至

24

正月廿四

走进春天 / 甘 草

星子闪烁，升华，坠落
我偷取瞬间火花
擦出一方永恒，圣洁的国度
但是光与暗，虚幻与真实
总会相灭相生
渡舟上的我们看不懂浮沉

牵动我心的人啊，却看懂曾经沧海
"我会找到你，一起去更好的地方"
带上你的经卷
雪过了，霜过了
我的诗在信笺上宣告春天
在落款之际，许下爱

25

正月廿五

雪的密函——和臧棣《如此细雪入门》^①／夏　放

这场雪真称得上惊喜，大中午的，
来得突然，快，像雪的轻骑兵，
在你的视线中悄然出现时，前几秒
简直不敢相信自己的眼睛，先要

眨两次眼，掐一下自己的腿或脸，
才敢确认"真的下雪了"，马上跳起来
奔走相告，欢天喜地的，就像
沦陷区盼来了解放军，杨宗保

26

正月廿六

盼来了穆桂英。雪花漫天飞舞，天真
得以解放，你能看见每个看见雪的人
脸上都孩子似的莫名兴奋，连爱情也乐于
在雪地上打几个滚，平添七分思无邪。

你说对了，这场比垂直的礼物还神秘的雪，
像发给每个失意人的春天的密函，告知
在冬天遗失的，此时此刻都得以偿还。

---

① "垂直的礼物"一语，出自臧棣诗《如此细雪入门》。

在春的香粉下飞跑 / 张莉娜

我以为　叶已落去了根基
我以为　梦已变得光秃荒芜
我以为　想象的魂魄已封住咽喉
我以为　梦中的神啊已虚弱缥缈

不　不　不是的
看　南来的燕子
驾驭着彪悍的马车　衔来一根根稻草
正辛勤在云朵中柔和做巢
我便以为　春天插着花翅飞跑
　　　　　飞跑……

你不必忧虑不必闲愁
当你兴味大发
把送去的键盘按下
就有相互回敬的馈劳
在春的香粉下飞跑
　　　　　飞跑……

27

正月廿七

春风度 / 赵目珍

哪怕只有一次相遇，便足够了。
那些细琐的花儿开满了迷人的忧伤。

她们很费力地投入到春风当中。
纷乱的花枝瞬间便遮掩了一切。

忧伤啊，忧伤以终老——
是谁在用刀锋抚摸着唯美的伤口。

28

正月廿八

忆上林湖 /李少君

那一年，一个以春天名义的雅集
四位俊友，在湖中小船上逍遥
青梅酒令人兴致勃勃，但不至于癫狂
我还年轻红润，你也身体无恙
正是意气风发的洒脱年龄
文质彬彬的节制之后，渐露狂野
脱口成诗，挥洒落笔，举杯敬清风和青山

1

一整个春天的清香都在四围流淌
我们尚不知已被时代的幸运之神垂顾过
此后，我温如玉，你坚如青瓷
而另外两位，也如竹与兰在尘世各自馨香

正月廿九

年华的花期 / 萨仁图娅

一场年华的花期
我们相遇在春天里
用一朵花开的时光守望
在三月柔和的风中与风对语

踏过烟花零落的流年
翻越山重水复的尘路千里万里
时光渡口墨香飘处
披一身洁白的冬雪嫁衣

站在岁月路口
静守一个崭新的季节开启
以生命的形式
和这个世界的美好相遇

2

正月三十

三月的长裙 / 梅　尔

不知道怎样从你的手中取下画笔
像劫下古代袖笼里的一把长剑
从颜色里分辨出雪花的味道
夜　在拐弯处　拢着一撮文字
听拖拉机粗野而羞怯地吼叫
从邻国的岛屿　传来声音的蜂鸣

我一直飘在纱里　关注风雨的另一场命运
你的垅开满了紫色的野花
我的额头成为春天的广场

你舞动的时刻
帮你克制诱惑的冲动　让一代君王
跨过江山的忧伤　在你缥缈的香气里
慢慢存活

二月初一

春天的约会 / 郭新民

我来了，杏花等着，天气转晴
这是春天里有缘有诗的一场幸会

塬上的风吹拂着我纷乱的鬓发
凝神聆听远古的胡笳羌笛

等与不等，都无关紧要
猎奇的人、无聊的魂、爱美的心

可歌可泣，且行且珍重
脚下的泥土都会发出世纪的慨叹

你知晓年年岁岁花相似
我懂得岁岁年年花不同

假如不曾相见，何必要去惦念
假如未必相约，何须又来相会

塬上的杏花，知冷知暖
世上的诗人，痴迷纵情

4

二月初二

惊蛰雷声 / 方雪梅

小时候
想握住天上的闪电
像扯一根灯绳
让发光的春天
在头顶炸响

响雷里
有荠菜　蛙鸣　解冻的河流
桃花摇起的微风
和惊醒的草地与昆虫
有送伞的人唱着歌路过

妈妈说　好的事情
是包在雷声里的糖果
惊蛰时　颁发给人间

5

惊　蛰

虚幻的扇面 / 苏历铭

夫子庙被挤得只剩下秦淮河
我怀疑今夜的游人都是明朝走散的人群
他们蜂拥而回
在凄艳的船灯里，寻找前世的恋人

我裹挟其中，怀揣一把檀香扇
在春风中摊开
扇面的浓墨顷刻溅出清透的泪花

我应该能写出一手好字
在河流上写下揪心的词
而现在，空对一壶清茶和几块麻糕
从瓷盘上的裂纹穿越到故国
故国消失多年，在时间的这一端
无奈做了一个弃子

6

二月初四

雁荡情思 / 蔡新华

遇你
在浓荫蔽日的山径之上
此时
鸟鸣山幽
林静溪唱

惊鸿掠影般——
你飘过
从我身旁
轻盈的倩影如此婀娜
摇曳的山花如此芬芳

7

二月初五

是雁荡的山妖来蛊惑我吗
应着神的旨意
化作你的模样
你无言　浅浅地一笑
寂静中　群山簇拥着斜阳

三月的春风扑面而来
我毫无防备地
醉倒在这如诗如画的雁荡

过三月节 / 肖 黛

早春告急：古典主义的花朵
有几瓣掉在地上。
我拾起几瓣花朵的她们
鲜血从指缝间渗出
每一个方向都朝我而来。
细雨拯救的我
能与谁谈谈
那些尽显时尚的话题呢
认真料理家务后
我根本无以想象
古典的衰落还在继续。
哭，没有用，泪水在河海里
于是备下了几番笑
虽然笑起来不一定就很好看。

8

二月初六

迎春花 / 木 汀

因为你喜欢满天星辰
所以我把春天化作孕育鹅黄的星斗
春风就是我爱你的星光

因为你喜欢遍野的油菜花
所以我把油菜花的颜色密密麻麻地下滴
春雨就是我思念你的泪水

9

因为我相信生命的绵延不绝
所以只选择春天
只在春天的苍崖碧涧
迎接你的欢喜

二月初七

春风十里 / 阿 成

不多不少——春风在垂柳、枫杨的芽
苞间，在汹涌澎湃、抑制不住的河水
里，在郊外油菜田，越来越盛越来越
深的花丛中……

季节的齿轮咬住三月的袖子，更替每
时每刻发生：山间梅花落了，洁白或
艳红的肉身压碎了严寒，迎春、含笑
悄无声息中零落成泥——我从山边走过，
春风的轨迹，入眼入心……

消隐的，和猝然而至的事物层出不穷：
譬如门前魂灵乍现的无名植物，譬如
山玉兰夜间纯白的逆袭；一只长尾喜
鹊从河那边飞来，无惧地停驻墙篱，
我看见它的红嘴黄爪白尾尖，一身灰
衣亮光闪闪……

哦，万物都归于春风，归于三月：泥土
的肆意萌发，空气中的隐忍矜持，草木
植物间猝然的喧响爆裂——春风十里，
不多不少，不浓不淡，一切都刚刚好……

10

二月初八

新春，我给你送大礼 / 茶山青

春风从春阳心里刮来
我围追堵截的春风给你
你打开精美的青花瓶
走进夏天、秋天、冬天
照样春风扑面，紫气润心
春光从春阳心头流来
我双手捧一些给你
你打开沉重的集装箱
走进夏天、秋天、冬天
照样桃花灼灼，神采奕奕
这是我在新春送的礼
你若高兴，你就打开心门
你门上倒贴福字就好
千万不要那种凶巴巴的门神

11

二月初九

植树节 / 周占林

恰逢小雨，小树苗
在水洼上晃动成最轻最稚嫩的风景
我们继续，一种美好
在风中飘动成节日的喜庆
山野里开始
流动春的声响

不需要故作多情
心中每一滴念头都是一株树苗
在奔涌的日子里
茁壮成森林
那些水雾，会浸润田野的心扉

把希望植下
土地上就昂起了更多的生命
雨水，便不会失约

12

二月初十

走进雁荡山 / 陈欣永

走进雁荡山
每一步向上的目标都不是徒劳的
从羊角洞穿过崎岖的退路

在攀登的红尘里，顺着蓝天白云
一拐弯就抵达了虚席以待的灵峰

落草的灵岩，不用明月的圆缺照一照
大龙湫瀑布的心思

13

二月十一

徘徊在雁湖旁
从显胜门走过春天的茂盛
再听一听仙桥上羞涩的雁鸣

峰顶上，有情人以石头的坚定相爱
甘愿遭受九十九道闪电的惊叹
恩爱缠绵在雁荡山的霹雳里

石头的情窦就这样一直盛开
爱情的神话站成了永恒的风景
任风雨阅读

早春群鸟 / 段光安

鸟鸣清脆
似蘸着溪水
把嗓音磨利
花儿涌动
婉转起伏
春四起
群鸟忽而入林
宛如含苞抽芽
倏地
山野葱翠

14

二月十二

你必须张开双臂站在雨中 / 度母洛妃

看一只燕穿过稠密的雨，你必须张开双臂站在雨中
以湿漉漉的面孔与它对视
不是任何灵魂都配得上如此一番对视
雨想来就来，它不叫喊：
我属于真理，属于圣洁，属于一切的不同
它穿过枝头的枯萎或树声沙沙生生息息都那么平常
它跌落低洼自我照见生命的虚空
也许我们过多演绎一场雨，
却忽略一只无名的卵生从万分之一的机会逃出深渊
才使一场雨水到来，它必以清澈的掌声为它洗礼。

15

二月十三

桃　花 /胡少卿

打开窗
桃花在夜色里
像初恋的乳房

遇见桃花
宛如在暗色的大海
打捞古代的珍珠

（借仓央嘉措情诗之意，他说：遇见情意相投的人，就像从大海里捞上来一件珍宝。）

16

二月十四

婺源花海 / 马萧萧

早春，残破的大地开始打补丁
早晨，洗白的天空开始绣彩云

通过一滴露水的透视镜，我看到老树情不自禁的
内心里，一道道流畅的年轮，俨然唱片
听，它又要播放出一曲曲绿酽酽的鸟鸣

那个放蜂者，可是千里之外、或汉或唐时
哪个放烽火的戍卒金灿灿转世而生？

17

二月十五

读懂春天 / 李长青

春日花啼，声声朝上
叫醒目光，舒摆一季的心情
南风一遍遍问我的去向
我说，就歇在花沿吧
读懂春天，先要知晓花事
读懂了蜂蝶的快乐
这个春天才不会有愁情

雨来阅我的影子
我毫无遮拦
摊开为春天准备的文字
蘸满雨水的笔，方能写出春的精彩

打开耳朵，听着鸟的提示
父亲犁耘着一亩三分地
他常说，听懂了春的言语
才不会错过农事
凝望父亲，读懂他的表情
才知春天是那么厚重

18

二月十六

春天的表达 / 林　莉

泡桐花开得热烈
在大雨中，落了一地

树杈上，两个鸟巢
空空的
却又带着绵绵情意

19

一年又一年
万物袒露治愈系的美

悲伤总会闪电般来临
就像喜悦也曾一次次席卷我们的心

二月十七

春分屋檐下 / 蓝　帆

我的房前屋后　被桃花熏香

处女般的春天被雨水漂染

举着清高的丁香　花容已逝

美好妖娆　知向谁边

我屋檐的鸟巢

分娩的鸟妈妈在撒娇

湿漉漉婴儿探头探脑

一窝之家的喜悦弥散我整座别墅

我悄然仰望　默默祝福

在我屋檐下　别害怕

只管尽情地说笑欢唱

歌声动听　是上天恩泽

噪音美好　天黑时再骄傲

俗话说　鸟来筑巢招财进宝

可我知道　你们千寻百觅才把我找到

我前世的亲人啊　今生相守

有你围绕　孤独被翅膀带入九霄

20

春　分

开花时刻 / 林之云

那天我出门，强烈感觉到春天来了
高大的杨树已经开花
上午的阳光，照亮临近小区门口的那一棵
天很蓝，满树毛毛虫轻微晃动
即便在天天经过的地方
有些场景，你也会是第一次看见

有一种心情，在某个季节
还要加上特定的时刻
即使这些都有了，可你经过时
如果没有太阳，也白搭
即便太阳在，可当你路过那里
这一次，很可能忘了抬头

21

二月十九

有的场景，有的春天
就像看不到的爱，有时候
一辈子只出现那么一次
有时候，即便开花，你也会视若无睹
就像那天，经过那些开花的杨树
我却没能见到，一个好久不见的人

盲人的春天 / 刘春潮

在心中发芽时
它藏着阳光
读不懂的密报
初春的绿芽
正酝酿一场风雪

桃花盛开时
美便没了秩序
春天去意已绝
历经黑暗的花朵
自带光芒

盲人是清醒的
他笔下的苍生
目光如炬
他梦中的花朵
有名有姓

22

二月二十

西藏·春雪三章 / 刘　萱

一

白色的山上，雪花跳起天空般的舞，苍穹喘息在冰河的另一端，寒冷的岩石，缓步走向昨夜耸立的孤寂。

二

你淹没什么了吗？群鸟沉睡过的温暖，被沉默的翅膀惊醒，在被你遗忘的枯枝上落泪。

23

二月廿一

三

在星星升起的地方，雪山映照荒凉，空旷过后，就让青草上长满露珠吧，大海就在远方，携着狂风的梦境矗立天边。

那是大地正在打开的
春天的歌门

石缝里的春天 / 刘雅阁

门前石缝里
深埋着一粒种子
春天一到
便发了芽

就像我
一遇见你
便开了花

24

二月廿二

花 事 / 刘芝英

每到春来
我也像小蜜蜂一般
忙着奔赴一场场花的盛宴

雪山路　西山游路
拉市海边　白沙村里
桃红梨白　樱花闹　菜花吵
无数次惊艳我探寻的双眼

25

二月廿三

总是意犹未尽
总想醉在花海不愿归来
便索性在自家的小院里
经营一场隆重的花事
让桃花、梨花、樱花
绿菊、白菊、乒乓菊……
全在这里相聚

春天的海子 / 西部井水

忠诚的绿草，又把时光实实在在地加固一遍
因此，我们没有理由再研讨死亡的章节
虽然不是每一本诗集都是为祭奠鲜花和歌声的

把心脏叫作月亮，需要站得多高，参透云雾
并且还要准备一大把随时坠落为疼痛和尘埃的
句子，谁的笔，像旗杆，领航一个时代的纷纭

此后的每个春天，都将与众不同，鲜艳而成熟
就像诗人们，在一张冰雪一样的纸上长途跋涉过
没有大树，并不孤单，还有大海，供我们呼吸

26

二月廿四

春风赋 / 丘文桥

一个时辰结束冬天
燃烧九洲江的水
终于，与春天有关，桃花的芬芳
从天而降。指向
与经验主义有关：
捧出一沓爱情主题的诗
荡漾，有落霞和孤雁
三月，春风
一条河流的血泪：安静，眺望
我所热爱的，是安静中
我所遗忘的，是眺望中

27

二月廿五

明月正悬于马鞍之上 / 西玛珈旺

明月正悬于马鞍之上，右耳正听流水
洗净三千里江山，而高山之下
众神安详，稻草人是
这块麦地最后的守望者

青草正漫过一本诗经的书脊
我熟知的福克纳和他的家人告别
墨白如我，丹青似你
我们只有一条河的距离

28

十八年前，你是春风里的桃花
我是路人崔护，看见你时
你在唐诗里笑，我在
宋词里哭

二月廿六

其实我们相遇，只是时间的问题
那个时候，恰巧你在
我离开时，只是那个朝代
多了一首诗，少了一阕词

有故事的人 / 武　稚

一些玫瑰，
今天开在这里，它的香气打湿了时光
过不了几天，就和垃圾泡在一起。

看不出有什么恩怨，
高一枝，低一枝，
这些赴约之花，在傍晚如此浓烈。

是光茫，是黯然，
是圣洁，是肃静，
这取决于驻足，取走它的人。

一些有故事的人。
或者仅仅是一只酒瓶空了，歪了，
它需要插上一朵花。

日子从此复杂，或者简单，
那朵花猝然离世，从此不见。

29

二月廿七

春天里的响声 / 罗　晖

乡村　记得门前有一条小河　岸边长着柳树
春来的时候　河床有水了　水哗哗地流过
树们长出了嫩嫩的绿芽　向天空放着闷气
鸟儿高兴地飘落在它们上面　吃着还会讲话的虫子
我从屋里走了出来　问春道：你是什么时候来的？
牧童赶着牛羊　闹声不断传来　你们不能小声些？
我十分困惑　生命的源泉如何这般深奥？

城市　在黎明前夕　终于赶到　你想喝些早茶吗？
我走下公共汽车　听到另一种声音　你懂吗？
姑娘的衣着令人费解　她们冷吗？春没有回答
看这环绕高楼大厦的山川河流不也是乡村的景象？
车水马龙　我不知置身何处　我被逼到山的一角
爬上高巅　躲到密林　我听到了悦耳的笛声
环顾四处：春的花园美景如画　鸟语花香

世外桃源　仙女轻盈飘来　她们到这里来采花
可爱的蜜蜂　围着花朵　它们用辛勤劳动换取果实
我从梦里而来　看到了春的家　朴实无华　干净
春说：欢迎光临　她的声音十分响亮
小草生机勃发　微风一过　翻起了一层绿绿的浪
湖里的水花开了　晶莹亮丽
我醒来的时侯　眼前是漓江的渔船、黄昏

30

二月廿八

开在农家小院门前的花 / 马培松

是三月，七里香应时而开
开在农家小院的门楣上
虽然早前她就生长在
距离小院不超过八百米的
半山小路的崖壁下
但是，细心的主人的移植
却并没有消除她内心的怯懦
很明显，她有一丝丝的不习惯
还有一丝丝与生俱来的害羞
即使这样，她还是一点一点地
鲜艳地开了
开在乡村的三月，开在三月的春风里
开在春风里的农家小院
开在万物生长的春天
开在我心心念念的故乡

31

二月廿九

桃花庵 / 殷 红

桃花庵在南山顶上
年久失修，菩萨们还原为泥土
敲木鱼的尼姑还原为村妇
一年四季，有三季
只居住风，居住乌鸦
偶尔会有一只狐狸
穿过乱石中的月光
遗失了经书和钟声
一树桃花守住桃花庵的春天
守住松木坑的平安
那一朵朵桃花
乡亲们说
就是一个个菩萨

三月初一

聆听花语 / 安娟英

就这样让我
始终徜徉在你的记忆里
醉得或深或浅
缘如春风
吹皱黄昏
穿行于夕烟霞光
渐行渐远

片片落英含恨零落
无计再重返枝头
残香迷魂　欲断

如小舟若隐若现
载一船宋词西风
为你辗转无眠
瘦成一弯冷月
满地愁悲

2

三月初二

春水谣 / 陈新文

祖母看见
春水倒映的月亮
将众多的白银
倾倒在美丽的土上

清晨早已消散
屋檐下的阴影
恰如白雪完整的反面
照耀她年少的梦中
那不可磨灭的幽香

一支歌被水流传多年
如今越发令人伤感
春水倒映的月亮
是人世一段难以企及的愿望
其实永远在天上

三月初三

清明节，在爹妈的坟边 / 张鲜明

清明节用香火与鞭炮
把那个世界的大门打开

我知道，爹妈已经迫不及待地上路了
妈肯定跑在前头
她性子急，好胜，脚力也好
而爹，则一定是噙着旱烟袋
慢悠悠地望天

4

三月初四

不知道此时妈走在哪条田垄上
但我知道，她的竹篮里
一定盛满了野菜和野草的嫩芽
清明节这天的百草能治百病
当然，她已经不需要治病了
她只是用这种方式跟野菜和野草们打个招呼
当我看到白云和野花野草
一板一眼地摇头晃脑，我就知道
爹正在风中把京戏唱得个抑扬顿挫

从爹妈的坟边放眼四望
故乡的田野是一个大舞台

达来尔湖的清明／周　野

除了几阵子风从湖的一边吹过来
除了在风中，几阵子马蹄声
由远而近再由近而远
达来尔湖一整天都这么安静

怀念花香的风低低行过干枯的草原
把它们的怀念留在了湖水里
怀念母亲的儿子在墓地前
将花瓣沿墓地一直撒向湖水

这个时候的草原依然很冷
小草们还在睡眠，包括它的母亲
那些花瓣来自别处，和我一样
被渴望温暖的心带到了这里

5

清明节

花　犯／石　厉

我在花园写生，一朵盛开的牡丹
正在向半空中的王冠攀爬
层层的欲望，以春天的名义
在秘密地排列，皇后般的万种风情
难以遮掩后宫的森严
在她秩序井然的统领下
一些花苞被扼杀，许多颜色
都蜷缩在严密的包裹中，侍卫的
叶子，装满心事，像战马的
耳朵，丫挺着，分不清过去与现在

等我还没有将她画完，一阵寒风袭来
花后的裙边掉落，她的中心一摇晃
重楼叠拼的花瓣纷纷凋谢，她丰满
庞大的身躯突然坍塌，那些碎黄金的
花蕊，不无失望地散落在地，布下
一行需要仔细辨认，才能认识的文字
正所谓繁花似锦，焉有未来

6

三月初六

美人一笑杏花白 / 曹　谁

我们在江山间穿行
乘着风，踏着地，攀着天
美人从我们身边走过
两边的杏花纷纷落下
我们是在探视我们的河山
山上有雪豹
河中有卓玛
我们在心中谋划着战略
雪豹要回到山中
卓玛会进入庙里
我们在河山间穿行
两边的杏花带露落下
美人带着笑迎面走来

7

三月初七

密林之花 / 熊　曼

有些花选择在密林中开放
一生不被人看见
只有寂静才有资格做它的邻居
那时候她还小
相信密林中的花
比别处更美丽，脱俗
为此她忍受着对寂静的恐惧
一次次去往密林深处
只为目睹那寂静中的燃烧
把手伸向它
抚摸它的茎和叶
快乐轻易就能得到
为了摘取更多的寂静
每年四月她走向林中
浑然忘记此行目的
是去看望密林中的故人

8

三月初八

庐山记（之十一）/邓 涛

人间一年四次翻新
从来就没有过所谓的旧时光
每个春天都诞生于它的前生
那些飘过的叶子重新长回枝头
沾染了春光的枝头，从不回避灿烂的情史
桃花在四月，在阳光和雨水做成的叶子中间
神情还像唐朝的祖上
一个个面带桃花的男子混迹其中
每个生命都是孤本
苔藓艰难地爬行，表明立场
不懈怠自己的春天
花香是免费的，但春天从不兜售每一朵花
风让我长出翅膀
从山下一只软体的爬虫变成了花上的蝴蝶

9

三月初九

一次推理 / 林江合

叶子的黄绿
不同寻常
——即诡异！
泥土紧闭嘴巴是掩盖什么？

太阳明亮的光线
显然是障眼法
月亮的指纹很可疑

10

三月初十

鸟在枝头唱歌
——这难道是得手后的喜悦？

春天，春天
春天它一定窝藏了些不为人知的秘密

——终于我看见
寒冷在向世界兜售
它的离去

那枝最洁白的杜鹃 / 周 簌

岩壁上，那枝最洁白的杜鹃
你自己来折，插在你的粗瓷陶罐里
那落在微紫苦楝花上的雨
有跌宕起伏，纤细的呼吸
与一面青山正襟相对，我惊悸地
写下了一首诗，惊悸地想你

翠绿，明黄，嫣红，穿过枝桠的阴影
那些闻去，很柔软的松枝的香气
以及跌落一地的猴头杜鹃花瓣
一只毛色斑斓的虎，在四月的空气中苏醒
微躬发凉的背脊，静娴如处女

当我看到美的东西，我希望你在我身边
希望你能和我一样，感受到这种
人世间的美

11

三月十一

四月的雨 / 李建军

四月的雨，一落起
我就忧伤痛苦起来
梨花桐花桃花开得欣喜
连麻雀的翅都沾上粉黛
而我的窗里却结满雪籽

四月的雨，流入海
我便汹涌澎湃起来
一尾鱼摆动千思万绪
整个天空满是漆黑的云
都是从我眼里溢出的泪

母亲！您的影子
在季节，在时间之外

三月十二

梨花山 / 陆　子

梨花山里没有梨花
满坡的羊蹄印像梨花来过

第一缕清新的空气是羊粪的味道
连毛毛草也纯粹得呼唤燃烧

其实隆冬的梨花山格外热情好客
遍山的酸枣刺儿扯你衣襟要装满兜兜

13

三月十三

杜 鹃 / 马慧聪

我的杜鹃花
快要死了
听说杜鹃难养
我才买了一盆，品相好的
就像两座小花园
铁骨铮铮
在春天还没到来前
它就把花期
呈现给我看
如今梨花杏花盛开
我应该把它抱出去
让它也看一看
春意盎然
玩弄什么
也别玩弄信任
我对我的养花水平
自信过了头

14

三月十四

春天不肯停留下来 / 蓦 景

也许所有的美好
都要由月色或暗香衬托出来
当上弦月在湛蓝的天空渐渐丰满
记忆被掏空，夜空全都被
槐花的香气独占

月光伴着琴声，凌空落下
头顶的天空就像蓝丝绒一样地柔软
月亮近得几乎要落到头顶
仿佛，那些早已睡去的传说
都要在这一刻醒过来

春天依然不肯停下来
其实，被遗忘也是另一种存在
在这花香满月的夜晚
我们把星星夸得害羞，四处逃散
而人们却总是流落在
时间之外

15

三月十五

怀念野菜 / 宁颖芳

小时候，野菜就是亲人
我们在春日田野里寻找着那些植物
那些活命的粮食
榆钱、香椿、蔓菁、荠菜
苦苣、蒲公英、车前草
野枸杞、灰灰菜、马齿苋……

感谢阳光和雨水的同时
我们也虔诚地俯身大地
向着那些普通的不起眼的野菜
向着滋养了我们生命的
大地、故乡和母亲
深深地鞠躬

16

三月十六

春风扫 / 彭志强

爱情落。我用一地桃花跟踪你的足迹
在玉垒山，头上三分之一的白发
比我更着急，亲近你额头
上面春风雕刻的皱纹

命运已经命令，我是你的肋骨上
长出的诗人。我就应当放大眼睛
看人间的冷暖，看落花的挣扎
怎样随岷江之水滚滚而来，又黯然失去

可是在你遗落的时间面前，我嘴里
吐出的焦虑与笑话
都是尘土。渺小，而短暂

如今，高楼还寒。世事难料
说谎者内心的陡峭
在你诗句里，越走越远

来得太迟了
与你相逢对酒吟诗，只能是桃花
满地的桃花正是我错过的春天

17

三月十七

我扶不起一面镜子 / 谭 杰

一望无尽的湖面
没有一朵浪花是望向我的
在你身后
我扶起一面镜子
眼看它把你一波波吹皱
一池春水
改变了流向

亲爱的，我们离开这里吧
湖水清澈见底
它不相信爱情

18

三月十八

又见梨花 / 王爱红

梨花盛开　在不知不觉间
回到城市的上空
铺天盖地的梨花　生命的梨花
让我看到本质的梨　梨的躯壳
我不知怎样用梨花　用风的树枝
掩饰住梨最初滋味

我想把它们送走
送到灿烂的阳光里　清澈的流水中
西去的方向上　我要用爱情的苹果
或者橘子　把它一一埋葬

又见梨花　凝结成最后的珍珠
现在　让我们来吃粗糙的梨
苦涩的梨与传统的梨

一只完整的梨在钟表上摆动
直到今日的大雪
在幸福的枝桠上
因为平静而融化成海

19

三月十九

四月的雨巷 / 吴光琛

在四月，还是那条悠长的
雨巷，还是那一把紫色的小雨伞
雨丝也依旧，小巷中除了雨
好像找不出一丝的空隙
不同的是，你娇弱的脚步声里
比去年多了一分沉重，一分
只有我才能听懂的节奏
每年的四月，我都会在这条
雨巷的入口，备好一把伞
然后等你，在雨中牵住你的手
多少年了，我们却总是
擦肩而过，这一级一级的
石阶，折叠而成的这些时光
正一滴滴地融入我忧伤的诗句

20

谷 雨

谷 雨 / 孙 思

谷雨这天，下了一场杏花雨
雨从檐角往下，洒细密雨珠
使大地河流和村庄，都罩在白蒙蒙的烟里

田野里的庄稼，一夜间蹿高起来
新插的秧苗，脸被洗得净净的
小小的身子亭亭的，仰着脖子喝水

杏花不经雨打
这一夜不知又落了几层

21

远处，西南风
吹黄了麦子，吹落了路边的桐花

三月廿一

春夜，雨收了
月光如浅水漫上来，由春向夏过渡

春天，逝去或永驻

——听友人古筝演奏《恋春风》／干天全

22

三月廿二

是琴弦留住了四月，还是

记忆的剪刀裁出陇南的迟绿

纤指轻拂，春风吹远你的相思

东坡在赤壁唤你，来吧

泛舟江上，一边喝酒一边赏春

惊涛裂岸的往事就不谈了

也别幻想羽化凌空

敬酒罚酒都喝，只为跨世的相约

静听千里归来的鹃啼

遍野桃色可餐，不醉也醉

任轻舟斜横，泊在桃源深处

琴声带你入梦，醒来

东坡已随一蓑烟雨远行

春天，逝去或永驻

望着东流的江水，你说

我们都在走，我们都没有走

雨中登岳麓 / 周德清

清明时节的雨
飘飞在
岳麓山前

我，或者是来踏青
或者是来朝圣

岳麓书院的朱、张、毛、蔡
全都缄默不语

23

只有耳畔的读书声
延续了一年
又一年

三月廿三

过敬亭山而不入 / 方文竹

多少次，我过敬亭山而不入
不想打破那里的孤独

我知道，世界空了，繁华之中的
一把虚无，被李太白抓住

杜鹃泣血，在花与鸟之间
变换天地的颜色，堆积于人世

24

而生活的囚徒，耽于一轮唐朝的明月
如同脱身而出的我，面对一张白纸

孤独像云根石一样冰凉
无人敢碰，我只有模仿的分儿

三月廿四

种 / 王宁伟

举春风为锄
刨开一冬的荒芜
袒露胸膛　贴紧泥
用体温肢解地心的凉
汗也是一种雨
润泽肥沃越冬的干涩贫寒

不种花　不种月
撒一把秋天
在春深不知处

三月廿五

东巴之春 / 兰 心

你从古老的东巴经书中走来
善飞的阿蒗吉鸟
停在绿树的梢头
朝下面抖三次身
飘落三根碧绿的羽毛
绿羽毛变成了嫩青草
嫩青草是春天的使者
树儿披着一身翡翠的衣裳
布谷鸟四处飞游
松林间吼叫着白色的麂子
森林里鸣叫着雉鸡与箐鸡
好汉子缺少粮食
好女子消瘦了
这个春天
也不是迁徙回家的时节
待仲夏六月可否？

26

三月廿六

插 秧 / 陈 墨

它欢快召唤
布谷布谷布谷
当它欢快召唤
我们抛出去的青秧
一捆捆回到水田的空中

一切都准备好了
在它的召唤中
我们是父亲的影子
是劳动的影子
低头弯腰手把青秧插田

27

三月廿七

在水写的田字格
父亲从不轻易赞美
只管示范后退
后退原本就是向前
当天空被我们填满

谷布安静了
水中的诗终于完成

如期而逝的四月 / 吴捍东

28

三月廿八

如果我能知道四月的全部内涵
我就不会在过往的桥廊徘徊
你不再是独有的色彩
我在绚烂中寻找你的存在
四月的春是梦幻
就算站在梦的那端
也不清楚你离我的近远
为什么你不招招手
让我知道你的心愿
四月的春是想象
明明没有戏水的鸳鸯
却要把它想成自己渴望的模样
我是我
春雨和春风都没有告诉你的愿望
四月的春是希望
即便是花落淤泥
也是收获的铺垫
四月是春的四月
是年复一年
又如期而逝的四月

春天值得所有的美好 / 咚咚其

说碧波荡漾好像落了俗套
但的确是"碧波"在荡漾
像大地在汩汩饮水
不似夸父
吞咽声都这么细腻
好久没有吹过温暖湿润的风
荒草也乱了神
诗意和春天的花朵一起苏醒
在暖意洋洋的眼睛里
再落个俗套我要说
春天值得所有的美好

29

三月廿九

四月的诱惑 / 王舒漫

用什么挽留，我的四月天！

你的封面是春天，向着和风去阅读，树木之间空隙有新的白云，烫金的晚霞，和通透的世界。远处的山，明朗的翠绿，太阳近得模糊，底色是大写意。

四月，多么深情的一个词，河水，清得婉转而有张力，它给了你方向，一万个响亮，诱惑一串串回声，啊，弯下腰的麦子，昂首的松，生命痛得雪亮。

不论我走进深境，走进孤独，眼里都有折射出来的泪。

去漂泊吧，春天没有死！绕过柳叶儿，青青的沉静，早晨睡去，在每一个四月醒来。

30

三月三十

把你藏在黎明，风吹麦子 / 高　兴

把你藏在黎明，风吹麦子
田野露出第一缕光，把你藏在树梢

星星的方向，是鸟儿的守望
是梦，反复醒来，黑夜温暖的归宿

把你藏在云端，蓝的背面，抬起眼
雨，滴滴落下，高处的冰闪烁

五月的记忆，那女孩总在等待，哭泣
呼唤一个名字，她仅剩的语言

全部的语言，倚在村口，谁能真正听懂
没有时间的路蔓延，把你藏在湖底

藏在山顶，手掌中，藏在石头的核里
水生长，柔软又坚决，一生一世的秘密

1

四月初一

桑科草原 / 宝 蘭

我多想停下来
席地而坐看羊族长满山坡
却只能隔空触摸你
情深缘浅，像马头琴柔肠百转
道出多少骏马的悲伤

我记住了你
似我嫁妆中质地上好的被面
深情守护着这片苍茫
谁曾辱没过你的荣耀
谁又让你在天地间保持着绝美的绿

如果有缘无分
一个个俯仰后都隐伏着命运注定的
鸿雁南飞
请你不再视我为陌生人
我用眼神爱过的地方
来年属于我的骑手和他的格桑花

春风来过，没有留下功名
多像年轻时一个午夜窗下的等候
想把终身事托付给你
我是如此眷恋，但又只能离开

2

四月初二

五月，广州/安　然

慢慢，温吞
含蓄中带着优雅的醉意
五月在野，晚霞孕育光明
五月的天空炸裂
铁树开花

诗人坐在水莲的芬芳中尖叫
小说家向空中抛掷虚弱的果子

五月的黄昏按住流水的湍急
澄净、内敛、精巧……
深度节制
我的苍鹭美若黎明，请打碎我撕裂我
幽暗中，我唯一涌动的激情
在寂静的火苗前熊熊燃烧

3

四月初三

五 月 / 布非步

我决定提着灯去看你
装满所有羞怯的眼睛
你知道我习惯了被动
只有在你的主动中我才能感觉
自己是被五月集体炽热地爱着
譬如一尾放生了的鱼
我等待树荫里的蝉鸣
水一样漫过我的身体

4

四月初四

立夏：蔷薇花开 / 文　华

在白纸上再画些蔷薇吧
你走后，满院蔷薇
总觉得都不够清香

汲水，释墨，勾线、点染、积墨、设色
受之于目，游之于心，神领身受，手到意随
一室的花开，却容不下一黄昏

我转过身去
把一杯酒喝到天昏地暗
我知道，我会错过蔷薇花开，以及整个夏天

立　夏

初夏，我怀念起旧时光 / 曾旗平

被雷鸣声唤醒
闭着眼睛都可以嗅到
这个季节有多浮躁
耳畔嗡嗡作响的铃音可以佐证

此刻，我怀念起旧时光
白天与小伙伴们牧牛放歌
嬉戏水里的小鱼虾
夜里缱绻母亲的怀抱
听父亲讲山外的故事

初夏怡人
却也风雨飘摇
我把选择心情比季节重要

6

四月初六

摘桑枣 / 张林春

五月，沟里的风
有了桑枣味，爬上黄土坡
和山峁阳光一起
摘一枝家乡的紫云
温暖初夏的黄昏

探望每颗桑枣
像同桌脸上，美人痣
停留在小学作文本
一个顿号的影子
静静地躺在青涩时光

采摘中，童年悄悄过去
一些往事开始赓续

7

四月初七

初 荷 / 徐玉娟

一个人
开车去看荷，一群荷花
浮出水面看我
我们都不说话
心里话，就在心里
说吧。摘一片荷叶
放在头顶，我总是羞于
面对天空的辽阔。我低下头
看荷，却不小心看到了
水中的天空。我摘了一枝
荷花带回家，它每年一次的绽放
似乎只是为了让我带回
另一个自己……

8

四月初八

值 得 / 漆宇勤

人间有滚烫的伤悲
像夜色里有人被纠偏有人被删除
这是你告诉我并被我所验证的：
手里攥着油菜籽能过街的人
也有一天被蛛丝绊倒

每次在上班途中穿过高速隧道时都会觉得
五月的青山才配得上青山
雨洗过后红色的屋顶在山谷间隐现
只有风吹过，只有无法攥紧的缭绕让你心动
深山里的道袍与僧衣值得一次绝情的辜负

那落满山坡的桐花真美
美得不被人知

9

四月初九

淘来的旧诗集 / 洪老墨

初夏，书摊上的旧书
横七竖八无序地排列着
散发着阵阵霉味
其中有一套旧诗集在调色

这色明快轻捷
吸引着我匆匆赶路的脚步
这色清澈透明
柔情着我如获至宝的目光

10

四月初十

于是，又让手捧诗书的日子
在庭院的葡萄架下
在湖边的垂柳下
这套旧诗集也将度尽这个夏

五月，几行槐树吐出灵魂的芳香 / 王太文

蓦然，触到我的呼吸
多么熟悉，多么清醇的酒
我抬头，望见了它们的身影

它们无数小小的情人，正密集在
急速飞来的蜂箱里
一对对小小晶莹的翅膀，在甜梦里翕动

11

浓浓的树枝上，一张张小小的嘴唇银白又柔润
羞涩地，等待正到来的吻

这些小小的嘴唇和正到来的小小的翅膀
在我孤独的祝愿里，多么幸福

四月十一

游乐园 / 敖竹梅

这不是严格意义上的游乐园，气球
却一点点膨胀，初夏的树叶
穿梭在风里，顶着节日的头饰

你的脚步变得轻盈，跳跃着
踩在棉花糖上，直到斑斓的气泡
吐出一个笨拙的圆唇音

12

四月十二

假山与池水共振，你跑过去，试图拦截无线电波
这很适合收录在一幅简笔画里，当早熟的果树
伸出手，准备扇动翅膀，画面就更完美一些

这是难得的阴天，落幕的日光来得太晚
黄昏逐渐变得亲密，有时我们以为
自己在一个打开壁灯的小房间，端着
洗净的圣女果，仿佛一颗颗心脏

但你觉得扫兴，为了冰激凌钻进纽扣的事。
于是我们坐在长椅上，等待着
气垫船里的金鱼朝人群不紧不慢地游来

初夏的阳光 / 周伟文

血气方刚英气逼人
随处都有花朵追捧
不时伴有雷的尖叫
古典的雨渐渐豪放起来
纷纷挥舞着闪电的萤光棒
阳光羞涩
迅疾躲进一幅水墨画里

那片杨梅树
醋性大发，吐出
一串串酸溜溜的语言
把路过的风
酸得挤眉弄眼

13

四月十三

每日一诗（2022年卷）

133

远东之旅 / *张静波*

丁香花开放的季节，会有一阵风从邻国吹来
这时的旅途，有一种洲际含义
去远东，去俄语的哈巴罗夫斯克，或符拉迪沃斯托克
我坚持祖国的母语：伯力，或海参崴
一条远东铁路，横亘遥远的西伯利亚
远东的原始森林，成为天然的油画
异国的土地，也会生长着一片美丽的白桦林
针叶林静静地覆盖着蜿蜒的群山
贝加尔湖像一弯新月，整个海湾都散发着伏特加的微醺
列宁广场和二战纪念碑有宁静的鸽子和鲜花
流动的布拉吉和伏特加让五月更加风姿绰约
古老的黑龙江汹涌着两个国家的血液

14

四月十四

宗山米粉小镇 / 游 华

从一碗米粉认识你的同时
我也认识了自己
年华里的青涩装点起岁月

在掂量每一根米粉价值的同时
我也在丈量自己的短长
生活在平凡里，依然守望初心

深知每一碗米粉的重量
不但能喂饱一个春天
更让乡愁在基因里延续

一碗米粉
滋润足下的土地
牵肠挂肚系着远去的背影

我与自己再次相遇
在一个似曾相识，被蓝天白云装饰的小镇
精致美丽的容颜，却让我再也无法找回过去的自己

15

四月十五

落英缤纷 / 徐　明

谷雨过后
落英缤纷
这是春天的随手礼
通往夏天路上
优雅展示
飘逸放下

离开枝头那一刻
季节开始酝酿
每一片落英
都该有果实回馈

16

四月十六

夏日早晨的影子 / 肖章洪

夏日的清晨
我把太阳的七色光拽得笔直
洒向整个儿乾坤

万丈光芒绚丽了彩云
我和我的车轮总跟着个影子
风快地在马路上飞奔

它把赤橙黄绿青蓝紫删除
只让黑色始终跟随我前进

早晨的影子
阳光下长长的影子
总是分秒不离
跟着我穿越田野和树林

没有颜色的影子
总是那么可靠
那么忠诚

17

四月十七

槐花儿 / 王 爽

循洁白的香气望去
槐树下原来是萦绕不去
奶奶唤我乳名的声音
在槐花的蕊中探望着寻找着

在五月那氤氲着槐花香的梦里
我在一棵老槐树下
看到年迈奶奶的白发
在变回年轻的乌黑长发
正变回童年的羊角辫

18

四月十八

槐树的枝头啊只朝向村口的大道
犹如奶奶日复一日
盼着亲人归来的目光
枝头越长越高
奶奶也从屋前爬到屋顶远眺

奶奶说槐树是儿
长高了枝就伸向远方
父亲说槐树是家
它牢牢守在村口
完成着奶奶的心愿

在五月那氤氲着槐花香的日子里
那槐花香是奶奶的梦

五月，在牡丹园 / 孙　宇

芍药开了
花园中被空落落的叹息包围着
我错过了最热烈泛滥的花期
说实话，我一直没有把它们当成花朵
太招摇，太炫丽
花枕头富家女瓷花瓶
招蜂引蝶似乎是它们的专利
后来我发现，每一条被污染的河流
都有一个不可告人的黑洞
自卑，嫉妒，流言的刀锋
谁不想有牡丹一样花容呢
推开窗，雨打芭蕉
你在风口亦是落花流水
有人惋惜，有人庆幸
更多的人把自己比作茅草
唯有人心，不可违

19

四月十九

小 满 / 林 琳

天气越来越热
热爱覆盖白天黑夜
燃烧炙热的火焰
不再让尘世冷漠

一队蚂蚁匆匆忙忙
爬上随风飘曳的苦菜
从花朵里汲取甜蜜
始终相信幸福的生活

20

四月二十

蚕窸窸窣窣
慢慢吞食一片片桑叶
黑暗里从碧绿中
抽出一颗颗如玉的茧

风愈加缠绵
一转身，麦梢就黄了
一声声布谷的鸣叫
天不亮就响起来

小满未满 / 白爱青

太阳黄经 60 度
携带黄杏，看麦稍黄
南方有雨，北方好太阳

该长出来了
我是在春天把自己种进田地的
适宜的雨水，低垂的脸

如何辨认小麦里的稗子
农人和稗子都知道
都不说出来

21

小 满

时机，是一个寓言
幼时，我用尽力气
没能爬上过任何一棵树

现在，道路依然悬而未决
小满未满，万物可期

石板街 / 孙大顺

空空的石板街，藏有多少秘密
哈气的旧木窗，就有多少追问
晚风迷失在街巷深处
再也不能把自己平静地放下
从此失去呼啸的本能

雨来了，送伞的少女
曼妙的背影，让湿漉漉的古镇着迷
不能更近了，再近了她就走不出石板街
那浅浅的脚印，再也找不到
在朴素的年代，消失的爱人

穿过门前的石板街，到夏天的那边
要经过一本旧书的引子
月光从泪水里获得速度
离别，仿佛虚无的光影
万物停在原地，只有疼痛的青石板
送你一程又一程

22

四月廿二

初夏的守望 / 秋　池

执手紧紧俩俩相望
却是　山已渐远水已渐淡
堆积的伤感终是没了依靠
软软地化作
初夏夜里一丝丝的细雨
这雨啊打湿了清辉的白夜
也把　故乡
打湿成了江南的小镇
于是古香古色的梦语
若　墨入宣纸
便有了江南的烟波浩渺
而你是一叶孤舟
装饰着湖面的寂静
而我醒来的惆怅
是　小桥流水人家的一壶温酒
暖暖地　守望着雨夜的归来

23

四月廿三

五 月/梦 然

风吹来的都是蓝色
天空的蓝与湖水的蓝
如出一辙

大片的云朵，落了下来
在湖底重建另一个天空
一切都美的虚幻

24

我俯下的身影，瞬间
被鱼群击破

四月廿四

初夏赴扬州 / 顾　北

我永远痛哭的理由
是扬州没有一个真正的朋友
爱我的人与我爱的人
就像我的榕城和他的广陵城
我要的绿荫遮天蔽日，他要的广陵散曲
灵肉总是分离
现在。我出发了，可能会比信笺慢一点
他在那头等我，也会比一匹野马
渴望草原那般，狂躁、深情

25

四月廿五

初 夏 / 谷 语

风用工笔，描摹山谷的初夏
蓝色琉璃下，一抹流水，几分绿意
间杂几绺儿不肯退却的旧色

大地的稿纸，绿草写就了小楷
虽空中布满微寒的晶粒儿
这是成就绝世风景所需的磨炼

多么明媚，山坡晾晒阳光的锦缎
果园里有人在忙碌
青果圆润，在枝桠上坠出了迷人的弯弧

26

四月廿六

初 夏 / 陈爱萍

初夏，是春天遗落的一抹绿
它穿着春天的花袄而来，带着许多春的元素
在花期还未完全结束的驿路
许多诗意的灵魂在寻找才情的归宿
一个个情窦初开的少女
穿着五彩斑斓的裙裾
雀跃在风和日丽的桃花渡
像是一幅幅移动的春景手绘图
她们包裹了一个冬天的身躯
终于可以自由舒坦地展露
那些春心荡漾的情愫
经过了冬和春的交替孕育
只需要再来一场浸润心田的夏雨
就可以蒂落瓜熟
初夏，我的心迷失在你色彩斑斓的林深处
我以为这就是天堂，忘了离开人间的归途

27

四月廿七

大峡谷 / 祝雪侠

飞瀑神泉从天而降
弥漫着一层薄雾
飘洒迷人的清香
大峡谷的水
涓涓细流千姿百态
我要用笔墨留下对你
深情的回望
难以表达对你的挚爱
你是五月的风和日丽
你是诗歌的芳草地

28

四月廿八

桐　花 / 赵剑颖

时常怀念暮春的小院子
淡紫云烟，絮着阳光味道
回家的人吸吮清甜，久坐的人忘记
时间流动，皱纹在静坐中爬满额头
青丝变成了无奈银线
抽走生命里鲜活的成分

我们总是陷于对失去之物的追悔
当它真的回头时，早已冷却了向往的冲动
就这样边记忆，边遗忘
边开始，边结束
像无限循环的数序，简单却没有出路
我们都在其中，沉浮

29

四月廿九

凉 亭 / 赵 博

时光太快，还是坐下来歇歇脚吧
青春渐凉，那就让回忆暖暖身子

春日已去，无须再说花朵
绿树浓荫，藏着幸福的果子

雨在江边散步，我在阶前看风
灯火阑珊，仍旧把我
向季节的深处里带

30

刻下一个名字，就有多少驻足
此处自古难留，就这样吧！
你看，天色高远
木石不会说话，何须道尽离愁

五月初一

和红柳为舞 / 绿 野

在月亮泊，难见花草
几棵高过人头的红柳随风摇摆
再高一点，是湛蓝的天空
几朵祥云踱着方步，它们谈论着心情

和红柳为伍，你不会显得高大
甚至有时会感觉这世界一切都是空无
空无的大戈壁的夜色
群星潦草的浮游
夜空里的空，是放下一切
放低腰身，随柳枝纤舞的一世修行

31

五月初二

儿童节/王 妃

六一是老师们的节日
六一是父母们的节日
六一是祖国花朵的节日

一样的胭脂红
一样的小礼服
一样的圆嘟嘟笑脸
他们站在节日的舞台上，开心地表演着

1

五月初三

不一样的是躲在舞台后的
那些涕泪横流的
那些破衣烂衫的
那些忍饥挨饿的……
他们过早地低下了头，为了活着
他们甚至成了穿街走巷的乞讨者

六一是儿童们的节日
化妆的，是祖国的花朵
不化妆的，也是祖国的花朵

苦　樟 / 曾凡华

乌泥村那三棵古樟
有很多传奇
说是来树下的读书人
只要坐对了某个根系
就会金榜题名做官上京……

当初那位长着国字脸肤色黝黑的少年
常在树下苦读
夏日炎炎
成堆的蚊蝇却从不近他的身
冬风烈烈
他的头上也从不见一片落叶
后来他真的进京做了大官
回乡时有后辈学子欲探究竟
官人说你们也来树下读书
只要用苦樟叶擦擦皮肤
虫蚁就不敢拢边
而落叶总是有的
只是要到春天
新芽长出旧叶才会悄然落地……
至于树的灵性就不得而知了
江山更替代有才人
你们皆可好自为之……

2

五月初四

荷 塘 / 大 枪

我的荷塘生长了许多小插曲，月光下的蛙鸣
只是某一插曲的一部分，放入荷塘中的小纸船
也只是某一插曲的一部分，我的荷塘很浅
父亲的渔船划不进去，对我而言又很深
母亲叠的小纸船就得以在荷塘里四处漂游
风吹纸帆的声音会让深处的荷花不再孤单
有时候会遭遇一条水蛇，它是荷塘自己培养的
花旦，荷塘里许多生动的戏分都由它呈现
它还负责某些插曲的神秘部分，就像小纸船里
安放的许多神秘，纸船所到之处这些神秘
会逐渐解锁，荷塘从不会流行昨天的新鲜事
一只青蛙从一片荷叶跳到另一片荷叶
一只蜻蜓从一朵荷花飞到另一朵荷花
荷塘里发生的小插曲就会复制无数张备份
我也会得到这些备份，并因此确信只有荷塘边的
童年才是童年，早已被填平的荷塘让这首诗
来得有些晚，直到小纸船从 40 年前的时光中
苏醒过来，直到它把许许多多的小插曲
逐一还原，并符合它们诞生时不被篡改的
荷塘原貌，真实地坐落到 1980 年代的碧环村口

3

端午节

夏天的面容 / 李晓君

夏天的面容是一首清新的诗
拂过少女指尖的风盛满欢欣的泪水
让我一次次在午后的睡眠中醒来
看到：在回忆的阁楼上
青春是一门需要反复温习的技艺
在吉他和弦的蓝色阴影里
伸手捕捉易碎、脆弱的瞬间
美丽的事物一旦过于耀眼
将会被甜蜜的心房收藏
请告诉我：滚过山冈的雷声
在多少年以后的一个宁静的午后响起
绿色的雨从一幅油画中落下
打湿背包，和迷彩服
我的记忆是一棵蓬勃的树
所有的花都只为你开放

4

五月初六

芒 种 / 牧 斯

蓑衣扔在田埂上，
雨又下了起来。
下秧的人明白
这时必须认真，再认真，
谷粒均匀地淖在泥床上。
我记得它们的身子骨
毛茸茸、细小又温暖。
雨丝是来催它们发芽的。

星期六或星期天上午，
田野上
十多个这样的人。
有的田还没有完全犁完。
黄鳝从苏醒的
水中跑出来，
趁白鹭
走神的当儿。

这时候雨声和虫鸣
交织在一起
植物们互致敬意，
天地互致敬意，
我们互致敬意。

5

五月初七

与大理书 / 倮　倮

只有这样
在山光水色之间，躺下
成为一把马头三弦琴，或者月琴。
——晨光与暮色，以及
夏日月光从手指间泻出
神游——一个人的内心。
热情的街道沦陷于物质
身上长出坚硬的壳
他们以为是大海
只有我知道。一口泥塘。
我身上藏有大海
调皮的波浪旁
生活和梦想两只酒杯
清脆相碰
两只酒杯里各有一个洱海。

6

芒　种

盲 棍 / 徐 庶

盲棍点地，一颗星宿陨落
是引力点头同意的

盲人被夏天抛弃
棍子，不小心给跟踪者报信
也是他抓在手中
唯一的把柄

7

让即将倾覆的命活命
路，襟怀坦荡

盲棍落地，明眼人也需要
被生活一棍子，敲一敲

五月初九

难以忘记 / 吴光德

我走不出这个夏天
就如，我走不出你的影子

每一次，阳光把这片土地燃烧出渴望
燃烧成天空那一朵云霞
小河的水就涨一次，山菊花就红遍天涯

咀嚼你的味道，穿透风，穿透雨，
穿透一场梦里江南
顺着掌心的纹路
寻你，在叶脉深处

8

有一个字，好重，难以说出口
犹如，难以忘记
千百次的峰回路转
只为，一场久别重逢

五月初十

夏雨落满乡愁 / 姜 兰

曾经多少次打散行程
挥挥手说不出的痛
雨丝伴着眼泪
迷失在家的方向

9

五月十一

六月，我的河流必须奔腾 / 程立龙

六月到来之前
我的河流并不饱满
流水精瘦
不过是对冰雪消融的简单阐述
抑或是对梨花的某种抚慰

雨水冲开六月的闸门
就算阳光灿烂
大雨也可以继续滂沱

雷声已不重要
彩虹是否高高挂起
厚重的云才是天空的表达
六月，人间雨水充沛
我的河流必须奔腾不息

10

五月十二

夏天的池塘/高　峰

夏天到了，我又回来了
回到村庄一口又一口的池塘

树枝将头颅垂下去
牲口将头颅垂下去
我和妹妹将头颅垂下去

水中透视，童年重返人间
突然有了羞耻感
蛙鸣提醒深浅不一的光阴
晚风捋走枝头的小裤衩

淤泥是我身上掉下来的灰垢
我要向淤泥致敬
它撑起荷叶又抖落露水
在夏天的凌晨口吐一朵莲花

11

五月十三

六　月 / 舒　然

六月的时间在叶子上闪着光
嫩芽新长，梦想也跟着长

年已过半，六月未老
它招呼你拥抱未来的光阴

光阴无邪呢
你也应该学会无邪地笑

在六月后的每一天
在闪着光的叶子背面

12

五月十四

六 月 /王黎明

六月。一个国家诺大的考场
就像等待收割的金黄麦地
酝酿着即将到来的暴雨
女儿，你已不是第一次经场
我也不是初次送你高考
空气中那种透明的平静已在
父女之间达成默契。
去吧，不期望你像海燕
搏击闪电。但愿雨后的蜻蜓
带来没有泪水的晴空。金黄麦地
我愿做弯腰劳作的父亲
你要学会做低头拾穗的女儿

五月十五

端　午 / 郭建芳

这一天，
最好用午时水泡茶
在竞渡前，要保持谦卑
不披红戴绿，不谈生死
不吟诗，不作赋
可以草船泛水，送瘟逐疫

不敲鼓，不鸣锣
不迎水神
怀揣千年的日月和抱负
淘尽世间沉疴
在世俗与沉浮之间
深藏一段旧故事
在江与海之间
打捞诗魂

14

五月十六

苹果树 / 周广学

苹果树上有青青的果，是夏季了
但那时是去年，苹果树刚刚开花，像一种
令人怀疑的微笑，一朵又一朵，闪闪
烁烁。春暖花开了为什么
还有冷雨？阳关道上为什么
塌下很深的窟窿？天旋地转
甚至于，让去年的果实
结到了今年的枝头？
突然的中断。种树的人松土的人
去了。即使秋季
这果实不是让我们吃的

15

五月十七

初夏的海 / 彭　桐

海也捉摸不透的浪花
时而在远处高傲竖起鲸鱼背
时而在浅滩雀跃，扑上礁石额头倒挂瀑布
你来不及眨眼辨识
它又兴奋地塞大把碎银于横斜的岩底
并从中不断掏出灌耳的雷鸣

在月亮湾的天然船梢
我不能用看似不朽的木栈栏将自己围紧
也无法收住像海鸥总是奋力展翅的思绪
只好盯面前浪花与阳光在礁岩脖子上极速缠绕的虹
把老人与海的故事当作龙宫的童话
细细阅读

16

五月十八

夸张地想象自己，若是一座沧桑的海
我那 12 岁游鱼般自在滑行的女儿
即是不羁的浪
我还在水边等候夕阳
她已在一小时前奔上有白云降临的山头

在龙麟台观景台 / 娜仁琪琪格

想到别离已是流泪不止
我来时这里有无限的惊喜
依然还是这里却是别离的忧伤

喜欢一个人在夏日暮色中面对的群峦
一个人在晨光中倾听的鸟鸣
姚江的水碧绿奔流不息
在我的视野
捻子花开满山坡的花香
这里能望得到的芬芳听说结果了

我在这里看人间烟火吻合了小时候的一个
幻镜我站在天庭看向人间
（难道这里是我那一世的家园？）

17

五月十九

夏日观荷 / 慕 白

你包含一切，你的舒展
是夏天的嫩蕊，一个人的仙境

你亭亭玉立，身体里的蜜，含苞欲放
你洁白，粉红，素雅，天人合一
我如果不是蜻蜓，不是蜜蜂
我的前世一定是一片淤泥

你做我的莲，今生开在我的梦里
你是我的藕，来世种在我的心上

18

五月二十

片刻的美 / 文 心

19

五月廿一

这个时候
没有雨，也没有
灼人的太阳。
墙外小庙里的柳树，有些疲倦。
地面上
跳来跳去的小麻雀，仍在品尝
人世包不住的苦。
此刻的寂静，像一块桂花糕
被这些小生灵
吃掉了一半。
有时，它们也会跳到门口
好奇地看着我
被它们猜测此生的来意
是幸福的。
我愿意，就这样无声地
坐一整个下午。
让这个白天，就这样过去
让这个六月，就这样过去
让一生，就这样
在美中消逝。

夏　日 / 陆　群

夏日敞开单纯的怀想
透明岩石上
紫长茎垂挂
好故事正在开始

远处的山冈上
传来水声
草地上有蟋蟀的虫鸣

云鹤把歌声带走
飞进大风中

恋人们等待时日再次相聚
等待肆意成长的田野透明的风
黑头发又粗又硬

夏之美在自然之德行中彰显
温暖的泥土欣欣向荣

20

五月廿二

夏至引 / 李 云

属阳的鹿角脱落，蝉鸣大作，半夏生长
日照最长也是日照最短，今天
到来的雷阵雨骤来疾去
淋湿金黄的麦秆，荷叶滚动着晶石
坠落的叮咚，蚊子尖针长脚刺破水盂里金鱼的天空

随梅雨而来的白霉灰霉
只有用酒喷杀，如喷洗五彩斑斓戏服上的汗渍
举杯的手臂，早生的老人斑是另一种霉点

21

到来的思念在祖屋里
宜祀典祖上先人，嗅到新麦饼，忌走夜路和相亲
此时，最适合去挑灯看蛙鼓

夏　至

灯和你没有到来
我措手不及更无奈

水做的人 / 张 凯

屈原在郢都，观看大火
惊心动魄之余，化身为水
化身为血与肉淬炼过的漩涡
高贵的泡沫
而重新回归江河

浪涛喋喋
都说你是水做的
只是这水是沧浪之水，永生之水
这水里有芷草，有兰，有铁
有滚烫的石头
生长猎猎作响的帆，催动龙舟竞渡
让箬竹挥舞千臂，可以包裹的心

22

五月廿四

夏风吹折的艾香和炊烟
就像无处安放的灵魂
在天穹之顶弯成了一个又一个问号
被杜鹃啄出了血

水做的诗人清澈透明
水做的诗人也许只能独自清醒
独自悲伤
独自面对端午温柔的死亡

咏　荷 / 王秀萍

守着一池清水
等你轻声唤我，年复一年

不问，莲台开合几度
不管，梵香燃了几支

菡萏盈盈
抚落眉间的朱砂
在风中拉长的身影
瘦了月光

23

五月廿五

独语者 / 王文雪

被迎面袭来的花瓣，击中

整个春季，要在桃花岛入赘
暗恋或想念，我实在无暇顾及

桃花已然，不顾一切
如果，今生一定有段时间流浪
请留下一个名额。带着我

我们先做红颜，再做知己

24

五月廿六

夏 天 / 刘晓平

春天的纤纤酥手扬起便是告别
小河弹奏的琴弦响起便叫思念
柳岸眉眼般的叶子早已布满春的吻痕
一场接一场的雨怎么也洗刷不掉
闷热的天气让床前的月光无法入睡
窗前望月的人心中充满唐诗的意境
淋雨的树一声不响
屋檐下躲雨的孩子却张扬着惊恐
我不知是哪一只手
将夏这一页悄悄翻过去
走进岁月的深处寻找诗意
吊脚楼木格格窗里
童稚的歌声唱响了水磨房里的童谣

五月廿七

在乡野山间 / 胡 勇

林隙漏过夏日阳光
针一样地扎在树底下的山土上
山忍着疼痛，沉默着
鸟却忙碌，在一片栖息地上飞飞停停
蘑菇在某处默默无语

小溪流在山脚流淌
几朵浮云天空搭起
俯视着一切的一切
虚幻的或真实的

我怀隐士之心
观望纯净的自然
获得自然的纯净

在乡野山间
我甘愿追随一阵风
推开时光之门

26

五月廿八

荷塘月色 /凤 萍

月倚青山　醉了夏夜
亮了传奇　光谱洒下和音
月如钩　星星落在了荷塘边

披一袭薄纱　漫步荷塘
菡萏吐艳　碧水传情
倩女犹抱琵琶　如羞花闭月

一卷诗语　漫过月亮的唇
寥寥白雾缠绵满地的柔情
熟悉的背影布满梦的全程

花开是景，花落成诗
诗画满人间，穿越季节的轮回
在万家灯火阑珊处香远益清

27

五月廿九

夏日最震撼的是雨 / 海　男

夏日最震撼的是雨
是门口的水洼，是雨伞下亲吻离别的人
泥浆从裤角往上奔涌，犹如车轮急疾
星际太遥远，向日葵正在生长
午夜如此的虚幻，那些水中挣扎的人
那些在水与泥沙中丢掉鞋帽的人
那些无法超越的警戒线上的红绿灯
晚安，隔着玻璃，栅栏，雨季，深呼吸
在十万亿年前的冰川中，我们只不过是鱼石
是自由的移动蛙泳姿体，是陨星下的沙器
而此际，晶莹的雨，滑过面颊，涡轮下
奔跑者之书，正在接受时间的考验
附近一座农庄上空的天鹅，正远途于云端

28

五月三十

过界山达坂——赠诗人起伦/李　立

翻越界山达坂时，太阳正往西走
夏天的白雪有些晃眼，微风带着寒意
我走过的路，若隐若现
雪走过的路，只留下黑色的砾石
曾经，我深信不疑
没有被人踩过的雪，融化后
就一定是清澈的甘霖，见多了雪
我才发现自己大错特错，并不是所有的雪
都洁白无瑕，时间也不能
过滤掉所有的渣滓，在最不起眼的低洼处
有一个小水坑，心里装着整个天下

29

六月初一

我想对风说些什么 / 田　湘

风有大脾气，在春天
风带来了种子，吹开了花
让一个人忽然就心花怒放
风翻遍所有的泥土，让枯萎的草重新复活
风吹干了我的眼泪，又吹湿了我的面颊
风在翻云覆雨，我也一直在随风起舞
如今，我的皮肤满是风的刻痕
可我依然如此难舍地依恋这风
盼望在盛夏，一阵阵凉风吹过我的山冈
我想对风说些什么？那些被风带来的
是否也将，被风带走

30

六月初二

七月，南湖的船 / 卡　西

大动荡年代，七月的星火
必孕育出幸运红宝石
南湖是产床，小小木船是母体
诞生了一个璀璨生命
——中国共产党
这镌刻着镰刀锤头的身躯
注定是为砸碎一个旧世界而崛起
从此，饱受磨难的土地
成千上万铮铮铁骨
托起的信仰，在坚忍不拔中
一步步从黑暗走向光明
奏响举世瞩目的共和国开国大典
肩负起中华民族伟大复兴使命
如今，历经百年沧桑洗礼
从南湖小船到东方巨轮
喷薄而出的声音，嘹亮无与伦比
没有共产党就没有新中国
这支耳熟能详的歌曲
不仅响彻天宇，而且深入人心

1

六月初三

上善若水 / 尚仲敏

酷热的、闷骚的夏天
重庆人说，这是最后的夏天
那还不是因为热
这简直是个
热得不要脸的夏天
与其去朝天门喝酒
还不如一个人
待在房间学成语
老子说，上善若水
他是教我们怎样做人
在这个毛焦火辣的
重庆的夏日傍晚
上善若水
我看中的是
这四个字带给我的
阵阵凉意

六月初四

银杏树递来的夏日 / 三色堇

这些细雨是在不确定的光线中落下来的
落在这些扇形的叶子上
它们在蓬勃的夏日深情地合唱

在熟悉澄澈的天空和炙热的微颤中
我静坐着倾听它们的交谈
倾听一首诗和一个世界摩擦的声响

3

没有什么比这一树的葱郁更加诱人
雨始终没有失去信仰，把天空
抬得越来越高
夏日之外，我纵身一跃已是半生

六月初五

仲夏槐花妖娆 / 荒　林

在仲夏的眼眸里
你是浅绿的精灵
以蓝天为镜
妖娆轻舞

踩住白雪做成的舞鞋
千年等一回红墙门开
你是清风的香
点亮夏夜的星
伴舞皇城根下默默的护城河
时间的金鱼聆听你

仲夏的眼睛眨了
雪落入火中的姿势
谁能见证
满地是你的舞衣
诗能记录你的心跳吗

4

六月初六

枯　荷 / 冯景亭

它把从茎部升起的莲蓬
高高举起
像最后的王
举着江山上的太阳
池水如鸟兽般逃走
池边的草坪结着霜粒
它保持着路易十六的傲慢
和平静
等着秋风踩着象足
上前来，扭住它的脖子
完成最后的陨落

六月初七

残 荷 / 陈小素

似乎刚进入夏天
就告别了饱满和绯红
接下来的日子
萎黄、斑驳、然后腐烂
彻底地没入水中

我们几十年甚至更长久
才能获得的一生
和美德
它们这么快就完成了

六月初八

小暑之诗/丫 丫

时到年中，不必计较
日的壳和夜的核哪一个先醒

该跳舞的继续跳舞
让足球在针尖上翻跟斗也完全可以

需要几易其稿
才能定下这夏日的心象
诗红酒绿，淹没在轮回的啤酒杯
泡沫退去，现出我的自恋和强迫症

热的起始预见冷的结局
我写下的诗，与我的身体是否迷人无关

7

小 暑

枯 荷 / 唐 诗

整个的凋败
比喻皆枯黄

孤月的夜空，倒映水中
星星，并不成欣喜不已的伞形花序
春兴早衰
塘边的芭蕉已不绿了
依稀，老了蛙声

西风越来越低
沉默越来越深

8

六月初十

那么多对生的叶呢
那么多对偶的鱼呢？剩下的尽是奇数的奇
水已浅
蜻蜓瘦得不能再瘦了
风呢

稀微的月光，纯洁的香气，冷冷地
铺在梦的上面
狂热的夏日情怀飞快冷却
藕更沉默

满塘枯荷
一幅荣枯图

盛夏偶遇阴雨天 / 赵之逵

入户经过贫困户老彭家烟田，我看见
昨日还耷拉着头的烟，露出了笑脸
晨光，被紧紧锁在云层后面

在这个把生鸡蛋放在地上
片刻就能烤熟的炎夏
有一丝清凉，便是最好的遇见

抱成了团的云，离我们越来越近
仿佛湿透的毛巾
随手，就能拧出一把水来

芒种之后，农作物正迅速拔节
这个时候若下雨
对于农民而言，就等于下钱

我第一次，如此欢喜
久久，盯着这乌云密布的天

9

六月十一

怀 夏 / 彧 蛇

我听见自己不均衡的心率
像是诱惑，随夜色一起被倾泻满地
躁动的目光，焦急地等待着黎明
请别诅咒黑夜，唯有它
才能捕捉到某种过分饱满的情绪

趔趄，我试图冲破夏天的禁锢
只是，有谁能解锁沼泽中的隐秘
萤火虫，把无数个黑夜牵入清晨
一个个相拥的生命，绽放最后的闪烁
然后，消失得了无痕迹

10

六月十二

欲望，在空气中编织太多的寂寞
夏雨，日夜轮回中无声地聚集
淅沥或者倾盆
夏日总有一幕幕令人潸然泪下的理由
转身之后，不再掩饰什么
这个怅惘的夏日
却成全了我一生都无法抛下的记忆

礼　物 / 语　伞

我是你夏天的最后一滴雨水，
是你暴风雨之后的宁静。

我消失以后，天际才会递来彩虹，
像睡眠无声燃烧。
才会把悬崖的高耸还给人间，云深处的树
才会露出甜蜜的果实。

我是你夏天的最后一滴雨水，
我领你入秋而自愿
继续坠落，独自留在夏天。

11

六月十三

写在文成 / 盛华厚

夏日骄阳烤着大地，客车载着我驶向刘伯温故里
众人皆睡，只剩我提心吊胆地关注着风景和司机

我尝试着像很多诗人一样即兴作诗，我写下：
很多年，我喜欢托腮凝思，看着车窗外
不断退后变化的景致，哪怕是隧道。
很多年，我喜欢问同行的路人，我将去往哪里？
渴望山间小院的偶遇，哪怕是个老头。
还喜欢问文成的乡亲，此地谁家女儿尚未婚配？
当他们一一列举，我狡黠的小脸上泛起红晕。

我继续写道：
整个池塘的荷花在淤泥中不忘初心地怒放
什么人被亲朋骗得惨不忍睹依然心性纯良？
你看五花八门的缘起缘灭，鬼魅魍魉
让胸怀大志者在走向远方的路上遍体鳞伤

仰望苍穹，我沿着刘伯温的足迹走着我自己
像从明朝一路走来，一直走进我写的这首诗里

12

六月十四

夏 / 明素盈

飞鸟叫醒的夏天，被更多的声音吞没
回忆越来越多，没有节制地
塞满整个夜晚
没有人比我更清楚
失去羽毛的星星如何开落
成为夏花
而，虫鸣越来越密集
我的忧郁越来越像你
告诉我——
一个人的想念
如何把清晨搬运到正午
穹庐下，白鹭隐身于水域中
与马尾松替代某些低语
植物伸向更高处疯狂造梦
我的敏感，是遗漏的小疏忽
像穿过草地的蜗牛
没有人注意它的缓慢
如另一种优美与碎的装饰
在阳光盛开的夏天
我们活着，并赞美

13

六月十五

沿江路的瓦片 / 弭　节

我捡到一枚瓦片
在盛夏湿漉漉的下午
雪白的浪花碾碎成
黝黑的柏油颗粒
我走在记忆的牙缝
捡到一枚瓦片

我嗅到几百年前
炉火的蓝和土窑的泥黄
桑叶上的蝉鸣伴着赣江的风
吹着摇橹和渔灯
我抚摸着黑釉花斑
涂抹上岁月的痕迹

我捡到一枚瓦片
在沿江路的柳荫下
在白鹭洲的书声里
我捡到我的另一个生命
古庐陵的呼吸

14

六月十六

盛夏的躯体 / 姜念光

风琴拉到了开阔地
收获后的麦田金发短促，闪闪发亮
茂密的树冠一律举在半空
身材高挑的女孩在水井旁洗马
汁液四溅，那清香的潮湿的星星
舞步停下来，骨骼愈发峻峭
盛年之肉紧绷
浪子回头用眼睛恳求的那一刻
想自己是马，想搂着它的脖子痛哭
多少呕心沥血的旋涡，掩耳盗铃的往事
将怀抱天下的马头坠下
是否有一条崭新的道路在等待着
意志支撑天边的雕栏
涓涓热血尚在沸腾
这夏日的累累悬胆，青柚子摇荡
在自身的黑暗中，养育嘹亮的嘶鸣

15

六月十七

用涔涔的汗水，点缀诗意的夏天 / 贾录会

这个夏天，真的很热
蓝天　白云　分不清节气的流水
风在耳畔游走
不知名的旋律走走停停
陌生的城市喧嚣和寂寞同在
我幻想着把日月
摁进一首诗里
相互偎依
等待草籽发芽
黄昏幽静

16

云朵，描绘着我素白的微笑
我把疼痛抱紧
在脚手架上站成生命的姿态
避开阳光用涂料，油漆
演绎着今天，或者明天
曾经的拥有，像风一样
漂泊，这个炎热的夏天
我坚守着梦，用涔涔的汗水
点缀着这个诗意的夏天

六月十八

把诗种好 / 北　斗

仲夏阳台上的杂草
占敛了窗外的风景
我的眼里居然忘乎所以
我知道那是佛在布施
那是我懒惰的报应
还是我无奈的繁忙

你不种花，花在佛中
你不用种草，草在你心中
既使是非你所愿非你所想
草却心甘情愿帮你
种满心田让你荒废一生

你不种诗，诗意在神中
俗不可耐却会从天而降
让你忘记了远方和梦想

17

六月十九

七月像一辆白色出租车 / 黄礼孩

好日子被遗弃被荡尽，我们之间没有结局
阴郁的领地，阳光的脚步陡然消失
唯有盛夏逃脱了，浪涛如蓝色叶丛中的白鸟
带来片刻的通心术，雪糕的味道浮过小巷
七月的云朵像一辆白色出租车，香草姑娘
重回后疫情时代的生活，一种恍惚的错觉如隔墙谈心
之前读过的情书，就像她在红西瓜的岁月里找到黑籽
出租车云朵一样无声驾过，月光从门缝里打开一点点光的扇子
瞬间，你感觉到风，保留了这个夏夜明灭的呼吸

18

六月二十

蝉在鸣叫 / 黄劲松

我能获取自然的赠予吗
或者我的所得已经过多
今天早上，蝉在窗外的树上鸣叫
我在默默地抽烟
如同我已经像一种被过滤过的事物
经历了一场死亡的威胁
而被告知者拯救
如同这蝉来到了这个夏天
经过了台风的间隙

19

六月廿一

我到达过有限的地方
我相信它们都向我伸出了橄榄的枝叶
当我从这个早晨打开了我的想象
我也是平实的，像一个过路人
默默地对路边的风景发出赞美

蝉在鸣叫，我将安静地度过这个上午
我将是一个自己的偶像
在我的房间里取得聆听的权利

献 祭 / 欧阳白

天空流出的火
落在七月
落在密不透风的江南
被炙烤的我们
心怀梦想
金黄色的梦想
我们习惯了火样的颜色
思考
习惯了脚一沾水
就迅疾飞起
习惯了
自己有翅膀的飞翔之梦
或许我们最终会变成烤翅
变成人间美味
其实
我们本来就是
幼时，一只可能的烤乳猪
青年，一双床上刷亮的胴体
老了，不求回报的苦长工
死后，一只褐色的麻秆上悬挂一绺白纸
给历史课本做肥料
养育更多的幻想者

20

六月廿二

蝉鸣，才是夏天 / 高宏标

知了在林间疯狂地鸣叫
此起彼伏，从一个地方传到另一个地方
行走的人们，已无暇观赏

像一件不知名的乐器，谁在幕后操纵
它的声音高亢而且连续，在空气中穿梭
摩擦出的火星，溅满一地

它透明的翅膀，像两把扇子
在这个无法躲避的夏天
它用随身携带的工具，为自己纳凉

不知道什么原因
蝉鸣
才是夏天

21

六月廿三

罗汉松与冬青树 / 干海兵

把父亲种在了山头，两行树中间
冬青树低矮，滴答着
铜锈。罗汉松托着台阶上的
枯瘦的白云

父亲啊。你从此在地下蔓延
化为春天的水声
你扶着摇摇晃晃的月光
把每一片冬青树的叶子开成
风的耳朵

罗汉松溅着蝉鸣，那些破碎的
夏天，就这样被埋到了
苍茫的群山当中

父亲啊，蝉蜕多像
这世界留在夏天的空壳，罗汉松
低矮，冬青树如故人
丢失的雨伞

22

六月廿四

大　暑 / 廖志理

天空如鼓
阳光嘶鸣

南风如浆
群峰喘息

木槿还家
小脸清凉

攀上李树
人如鸟巢

撒一把蝉噪
已让人间沸腾

23

大　暑

葵的中庸生活 / 夏海涛

葵　高于泥土而低于太阳
葵举起自己的一生
举着毫无掩饰的开怀和孤傲

葵选择中庸的生活
保持纯粹的姿势
不内敛　也不妖娆
好像女人　怀着秘密等待

和你对视的瞬间
水漫过黄河
水鸟掠过惊慌失措的岸边

波澜不惊的黄河　拥住冲动的浪
夏天愈发浪漫
葵花向日盛开

24

六月廿六

观景/陈小平

"我不相信未名山巅的沉默"
在海拔四千米以上的夏日高原
没有树枝，没有星星点点的格桑花
只有云，像诗歌一样，在飞翔

赤裸。褐色的石头在陡峭的斜坡
证实我们到过这里，用脚丈量海拔
生和死，用石头开花的信念：看我们
从残喘的气息中平静，就是安然存活
我们学会在日益遥远的地方宽恕

每个早晨，在阻挡阳光穿透草原的
浓雾下，我们汲水
向着无名的山巅朗诵祷词
从前我们一无所有
现在珍惜从前的一切

我们小心翼翼地捡拾沿途的创伤
堆积在通往身体的沉默路径
经幡。玛尼堆。被流水冲刷的转经筒
像一切事物的开端和结束
我们可以选择，却无法逃避
我们向神山匍匐跪行时留下的疤痂
一挑明，便流血

25

六月廿七

七月的暑天 / 白恩杰

阳光流出一条河
太行的阴影是帆
我挟持风前行
挥手之间
目光写尽了所有的语言
握住满腹的心情
眼中的风景
风景中难别的泪
心像逃离的舟
在这七月的暑天
祝福我的只有树丛里的蝉鸣

26

六月廿八

仲夏之夜 /徐良平

仲夏之夜
风在吹
蝉在鸣
蛙声又是一片
我在回味
那个初春
鹅柳依依
麦苗青青
有位伊人
嫣然一回眸
世界只剩下了美
微风拂面
我进入了畅想

走过千山万水
回来仍是少年

27

六月廿九

北极点归来 / 寒江雪

那一年夏天，我还年轻
披一身白雪，裹一心寒冰
从北极点折返，沿巴伦支海
在摩尔曼斯克军港上岸
俄罗斯最北的边城
昼夜被混为一谈的季节里
我抖了抖青春的尾巴

北极熊都不敢藐视我
当了一回冰天雪地的王
那里距离传说中的上帝最近
踮起脚尖就可触摸他的脸
根植于脑袋急转弯的远方
我辨别出了人生旅程的两个极端

掷入北极点冰盖下的许愿瓶
装着想说而没有说出口的祈愿
百年，千年，不知会漂上哪片岸滩
捡起它的，是水手？大副？船长？
或是海盗，还是空手而归的渔民
是你？是她？抑或是自己
此刻，我在故乡苦思冥想
所爱的人就在我身边……

28

六月三十

冰激凌的叹息 / 张　妮

为什么我最爱的夏天，总是提前过完
鲜艳诱惑的冰激凌，在冰箱里叹着凉气
楚楚动人的连衣裙，在衣柜里顾影自怜
哎
也许老天爷想告诉我
涮羊肉吃火锅也很销魂
臃肿的羽绒服有另一种温暖
抑或想说
只有离开才会期盼
思念里的夏天
才是完美的夏天
至少没有蚊子
也没有把我晒黑的紫外线

29

七月初一

夏　夜／武　斗

雷阵雨过后，小蝌蚪开始游荡
黑夜。一朵昙花
盛开。钟摆有了一刻的停顿
我卷入梦的星空，四周海水包裹着
温热而粘稠的秘境，吸收月的精华

在昙花面前，我有卑微之感
只有雷阵雨才能洗刷黑夜的黑
而七月竖瞳始终封印着一道闪电
琥珀色的，像榕树衍生的一条根系

此刻，我们拥有彼此的呼吸
经历大风大浪之后的平静

七月初二

夏　蝉 / 杨清茨

世间的人儿
活着
有如蝉
那些繁星般的幼虫
慢慢地蛹动
慢慢地脱离
慢慢地蜕变
等待
一飞冲天
幻想脱掉一层肉身的皮
为了一个重生
在时间的挣扎里
在密林的最高处
累哭自己
一生短暂
来不及写下自传

31

七月初三

夏日地头的瓦罐 / 田　禾

近似于一口古井：一只瓦罐，
盛满故乡的清水。

那可是村庄最小的井，
挨着故乡最大的嘴唇。

它像我的三伯，憨头憨脑，
一屁股坐在地头。

瓦罐的水，与其说锄地的人
喝掉了，不如说太阳蒸发了。

与其说滋润了一叶心肺，
不如说救活了一群麦子。

七月初四

八 月 / 田晓华

八月，炽热之月
我有个姐姐是八月出世
我有个弟弟在八月出生
我像只西瓜在我妈妈
肚子里的时候也是八月
那年，西瓜很甜很贵
我妈妈肯定是想吃的
那可是一九六零年呀
我不知她到底吃到了没有
数十年来，一旦想起
西瓜，它就坚持
在八月份很甜也很贵
每逢此月我就蜷缩着
身体，想念着妈妈

2

八月初五

故 园/柏　坚

已经很久没有听见
清晨的鸟叫
把房子筑在童年秋千上
把露珠采集手指间
把萤火虫收进瓶底
你看见河流中
有无法毁坏的道路
你在初秋拔草
为植物们分发过冬的衣物
看林中鸟儿展开双翼
衔着种子穿过村庄
你还教会孩子们叠纸鹤
在白衬衣上绣少年的名字
远在天涯的游子
走在开满野花
和石头的小路上
走向你。

3

八月初六

听杨韵朗诵林徽因《人间四月天》 / 张　况

4

七夕节

七夕有雨，星月潜形
播完六点半钟新闻之后
你脚步轻盈，揣一腔诗情
以奔驰的光速，趋赴一场专注的风景

舞台下的志摩，一脸茫然
他越过摩挲的树荫，误将康桥
当成今夜虚设的鹊桥，残忍的背景
撑一竿多情的长篙，漫溯你康河的倒影
那泛黄的涟漪，圈点着两个人的绝版恋情
你是月下的星辉，是爱，是冷，是晴明之韵
你是他今生的思念，不朽的回忆，怀揣的痴情
他用长篙撑开的绝世风景，竟将夕阳和诗意点拨
被暴风雨揉碎的，是你俩被世俗团团围困的月下心境
是的，你是星月的隐形化身。优雅，单纯，任性
你那令人窒息的气质，横亘着刻板而致命的冷
透射出一百年后也无法遽尔删节的冷傲失眠
任缘起缘灭，花落花飞，江海翻起千堆雪
无助的志摩，终究还是那只失声的夜莺
他不能再歌唱，无法再发出任何嘤鸣
他最初与最终抵达的都是情感孤岛
而爱的绝境中矗立的，永远只是
他自画像里那段荒凉的墓志铭

夏天就快结束了 / 杨北城

夏天就快结束了
燕子悄悄地不知飞去了哪里
旧巢闲置在屋檐下
热闹的堂前，顿时清静了起来
不像来时呢呢喃喃拖儿带女
它们的孩子一定都长大了
就像我们的孩子，成年后都离家去了外地
我想，它们都是追着春天在相爱
要不了多久，就会给你捎来好消息

夏天就快结束了
你自言自语地又说了一遍
听上去好像不只是在说夏天
是想说鸟鸣吗？它们的叫声各有不同
但你更熟悉燕子的叫声
有时我们走在路上，忽然听到一声鸣叫
那声音，像极了叫我们的小名

夏天就快结束了
其实很久以来，你都在不停地想着秋天

5

七月初八

八 月 / 凌晓晨

色彩，在秋天的深邃中变幻
每个叶片，不仅记得开花时的翻卷
也记得夏天的浓烈，当欲望涨满
微风细雨凝视燃烧的改变
在影子背后，隐藏颤抖的斑点

鹅黄与嫩绿，只是偶尔的障碍
成为过去的擦痕和污染，不曾沉溺
在黑色的无边，感悟粉红的内核
终于可以释解，以银灰的底色
衬托出清亮的水面

记住八月，与目光相碰的颜色
其中的放弃和不安，渴望与敏感
灵动的眼睛，苍白的脸
双唇迅速启开，怯生生地走向遥远
转身之后，又将全部颜料带回来

6

七月初九

立 秋 / 雁 西

在荔波的碧波中
你在涌动，地球上的绿宝石，闪烁着
女神的目光
在群山拥抱中，在众树拥抱中
在万花簇拥中
你是花中之冠，百鸟朝凤，你就是凤
雁鸣回荡在山谷里
向日葵的方向，阳光无限
风在扑响每一扇窗户
生命的静美越发凸现
神就在这里
你与神同在，神也是你
同样，整个心都交付于此
似于森林中的一棵树
哪怕不起眼，也心甘
更不必说看了小七孔和瑶寨
醉在千人宴又如何？
如此纯美，友善的人们
质朴，德行与无忧的快乐感召你
马上投入其中，跳动
人生呵，不必如此辛劳
仰望星空就好
与万物一起呼吸和心跳

7

立 秋

致立秋 / 李孟伦

空中的枫叶还没飘落
我的心房已是秋了
今天，你来了又要走了
我鬓上也秋了
我的秋啊你又要独守空房么

8

七月十一

渔浦读秋阳 / 叶延滨

秋日的阳光里
坐在渔浦的涛声中
要眯上眼，等一阵风吹来
从唐朝吹来
飘飞一行一行的诗句
诗句化作了三江口的鱼儿
鱼儿从富春江的晨雾中醒来
从钱塘江的潮头跃起
鱼儿也梦想成为阳光中
一只飞舞的蝶

一只飞舞的蝶
在我的头上旋飞
这蝶是从义桥的花丛而来
还是唐诗发来的邀请
心房一阵颤动
三江汇合的义桥
渔浦的秋阳里
孟浩然正与李白相对而酌
一只飞越千年的蝶
引我坐在他俩的酒桌旁……

9

七月十二

第一场秋雨 / 舒 喆

第一场秋雨在无人的夜空
把我的房顶清洗了很多遍
它知道
我有洁癖
不洁净的地方
哪怕是更高处
我也不会去攀附

一场秋雨洗尽铅华
黄叶率先做了示范
现在该休息的休息
该隐退的隐退
该显现的显现
一场空前的因果关系
把秋天的诗意烘托得恰到好处

10

七月十三

在直罗 / 李林芳

渠溪成网，稻田成方
八月陌上格桑花开，三只稻草人小兽亦步亦趋
向着远方铺展辽阔的碧绿和流淌

我甚至看见，一棵老树挽着一个小小的湖泊
绿如帷幄，直罗镇的稻田上空
风起时，枪炮声隐隐，火光映上帐幔——
厮杀声震天，在直罗战役纪念馆
在直罗镇战役的沙盘上，从被撕裂的绿意中
我一点点辨认地势，顺着红旗飘扬的方向
找出稻田的坐标系——

稻子，稻子，像一只宽大的袍袖
葱郁、蓬勃的绿意，一挥而就
打开"稻"梦空间的门帘
细雨洗涤川上，云雾擦拭山峦
岩石上，光阴中沉下来的青苔馥郁
我看见山谷氤氲
我看见的陕北，是乾坤挪移来的江南

11

七月十四

末伏的雨 / 老房子

那就不是雨，甚至
根本连水都不是。连绵不绝的暴戾
是怎么也浇不熄的毛焦火辣
不可理喻的事物都倾泻下来了，愈加无法清晰
而那些想要在大街上闹出点动静的人，眼看着
刚才还在高压线上打盹的麻雀
倏地消失。咬紧牙巴
耷拉快要撑不住的伞，站也不是，跳也不是
还想往哪儿跑呢
乌鸦试图用喜鹊的涎水把口臭漱干净
救护车"嘭"的一声，溅起白色幻影
红十字锁紧
这个时间的抑郁症
让它透过湿漉漉的挡风玻璃
滴答滴答，默数着
挂在树干上的输液瓶
把一身的热汗流尽

黏着引擎盖的树叶，在某小区门口
突然遇见熄火

七月十五

飞向秋日的蝴蝶 / 虎兴昌

不是所有的
——花
都能留住飞向秋日的
——蝴蝶

不是每个夜晚都能
等来吟醉自己的
——诗

在那个可怕的夜晚
蒙上眼睛
八百里云川
竟然那么淡
淡蓝色的光下，正是
女人的梦——

13

七月十六

八 月/陈巨飞

风吹浮世。父亲的身体，一天不如一天
很多个夜晚，我看见他所学的穿墙术
越来越纯熟
我怕他穿越这最坚硬的睡倒的墙壁
只留下一地月光
八月，湖水偏于安静。落叶，开始旋转
在赶夜路的时候，父亲
走到我前面。他驼掉的背终于挺直了
他吃力的样子
像是要把自己射出去
命中宿命的靶心
炊烟变淡的八月，回忆也会变得苍白
父亲反复谈起当大队会计时，毕剥的算盘
似乎还在决定全村人的生死
他的革命理想还不够坚定
时常相信鬼神。他还是爱看戏，一边看
一边流自己的眼泪
他一坐一整天，成为发黄的报纸

14

七月十七

秋日读孔子 / 艾　子

要么你就什么也不给我
不给我诗歌、不给我思想
不给我多余的儿女情长，让一些匆忙的花
在夜里来了在夜里去了
再勤劳的花匠也看不见她的踪影

要么你就什么也不给我
不给我三十岁的阅历、过短的花期
让一些轻微的生命
在爱里来在爱里去

15

七月十八

给了我就不要索回
让草在草原上生长
让树在风里结它的种子
秋日阳光的照耀下
让简单的我窥见短暂的一生——
健康、向上，带着感恩的心情生儿育女
在那个叫作《道德经》的家里
平静的风轻轻把过多的红尘翻了过去

八月短歌 / 石慧琳

如果不是窗外的雨滴坠入我的耳朵
我仍然还在重复着夏天的一切
桌面的书变得湿润了
得墨忒耳的故事我看了一遍又一遍
日子变得平静而寡淡
昨天和明天成为孪生姐妹
我感觉不到她们的差异，就像我抬起头
看到窗外的云雾
我把玻璃当成了易碎的星空
只知道从夏到秋，就同我们——
拥有很多开始，却没机会好好结束

16

七月十九

寂 静 / 郭 卿

一棵是枣树
另一棵也是枣树
秋天里
你看见树上缀满了青果
你没看见的是
春天的夜晚，那些翠绿的小花朵
一点一点地开，像我对你
一点一点的爱

17

七月二十

黎　明 / 赵宏兴

18

七月廿一

我在黎明时醒来。
我凝视着这宁静的世界，
房子像一艘沉船，
沉潜在海水的深处，
透过厚厚的水层
折射进来混浊的光芒（黎明的光芒）。
思念像小贩手中的棉花糖，
缠绕在一根棒子上，
洁白而甜蜜。
蜗居不再是黎明前的沉船，
它是一只升起的汽球，
在渐渐强大的夏日光线中，
轻逸浪漫充满理想。
昨天刚刚过去的事情，
从混浊中漂浮出来，
混乱无序。
我的双腿还在驻足，
温暖还在周围。

秋 色 / 李 斌

秋雨穿过你的小心眼
针尖把整个季节扎出的一滴血
便是秋色
即使天空凝重
也是柔和
收起伞走过湿细细的灯光
分不清是现实，还是艺术
或者是行为艺术
把所有笑脸装订成册
即使搬家弄丢了
也会记得住
爱的地址

19

七月廿二

秋　宴 / 董进奎

一场盛宴摆在斜坡上
随时倾倒，野菊咬紧霜花
蜜蜂提着针尖上的毒、性命
逼秋光交出最后一罐蜜

麻雀闪跃，捡漏、争吵
就坡打滚，翻开夜幕
微笑的高地挂满橙红的柿子

20

山村卧伏
爬过一道道光阴的饮恨
冲动，摔碎一枚彩陶
水稳不住，一网打不尽

七月廿三

秋天里行走 / 枫 笛

浅秋的画卷徐徐铺开
田野黄绿交错晕染
芬芳让位给果实
天空划出线路给北雁

竹架上半截藤使出最后一丝劲
吐出一个南瓜
稻花正与土地热恋
串串都是回馈的心语

村庄里庆丰收的舞台已搭好
远走他乡的人想必正在归途
只等稻谷满仓人欢忙
待月满西楼酒香醇厚

此时此刻
我只想和一树树枫红
一曲曲乡笛
红成一枚枚图章
摁进秋天里

21

七月廿四

秋夜遐想 / 王　京

无雨的秋夜，在一株桂树前驻足
为那清香悠长，思念暗涌
不忍离别依依远去的时光，留步

比邻而立的合欢树，绿叶颤抖
可是在回忆盛夏花开的热情
可是在想象周而复始的约定

22

七月廿五

月光如此，云朵如此，风雨亦
如此。现在，是向前还是向后
是否能有新的答案，新的归途

把过去的时光藏匿于诗行
把满怀的深情还给长夜
看啊，每颗星辰都是凝望的眼睛

处 暑 / 堆 雪

说是暑气到此为止，但肯定没那么绝对
季节跟人差不多，也会在一些细枝末节上
反反复复。接下来的日子里，气温
还会忽冷忽热，仿佛就是为了验证：失信

院子里的树和草还是绿的。但凑近了
就会发现：叶子的边缘已经开始褪色
某些部位，还有被火灼伤的痕迹——
亮丽光鲜的绿植，与人一样不易

风，挨个抚摸楼体外墙的一块块玻璃
似在查证哪些已人去楼空。此时
我盘腿坐于阳台：杯中无酒，心里无人
蓦然回首，有一大段时光竟是空的

天空很蓝，雪山很白。整个夏天
就在冰火间切换。此时我的目光游离：
一会儿物近，一会儿物远。一会儿
深陷于电脑那不断变换的屏保中……

季节到底还是变了。袖间藏锋的日子
很快就会到来。就像一个人
翻唱着刀郎的高音从天山走下，却全然不知
他的身后，早已是：北风凌厉、大雪纷飞

23

处 暑

八 月 / 朱思莹

24

七月廿七

在上山，我望着一万年前的稻粒
这颗黑宝石，映照万年前的祖先
越靠近她，我的欲望越多
她在原野的开端舞蹈
赤着身的先人们，露出纯净的笑容
像碧水遮住污垢，洗净万年铅华
我还看见，一个石头堆砌的大舞台
她成了导演，气定神闲地指挥
先人们已穿上树皮，或裹着动物的皮毛
但依然没有人，能了解她内心的寂寞
孤独的舞蹈，一跳就是三千年
直至河姆渡、良渚的陆续出现
成为舞台的主角，掩盖她的光芒

在上山，我痴迷地望着她
一万年前的她，一粒黑黑的稻谷
人声已经鼎沸，更多的故事
飞落在我眼前，我盼望
更多的诗人与她相遇
写热闹背后的前因与后果
写她身体里藏着的另一片原野

秋 / 李 景

八月最孤寂，我扔掉了所有的想法
以及街道的红色和金色的炎热，回归于自然。
此刻，天空柔美和顺，大地明丽清新，
农田在不远处汗珠闪烁。可是终有一天，
你会在我的世界下落不明，我会在
你的世界销声匿迹，当一切归于平静，
耗尽了所有的热情，冬眠的想法
以一种摧枯拉朽的姿势进入，谢幕之后，
舞台开始另一种游手好闲，
瞬间的激情，坠落如睡梦中的鱼。

像一只冬天唯一活着的苍蝇，屈服于夏季，
再屈服于秋季，整个耳朵都被火和喧哗震聋。
地下室有地下室的优势，不分春夏秋冬，
时间只是空间，没有爱与被爱。

25

七月廿八

在额尔齐斯河峡谷，我也是秋天的一部分 / 如　风

对生活，我早已抱妥协之心
顺应一条山路的进与退
接受圆满，也接受圆满之后的
残缺

在额尔齐斯河峡谷，我也是秋天的一部分
守着内心依然湍急的河流
在群山间寂静无声

寂静无声地灿烂
寂静无声地枯萎

26

七月廿九

紫色的心 / 裴郁平

子夜的秋风有了凉意
宁静的气息
都进入了梦乡
一串葡萄闪着紫色的光芒
躺在月光里沉思

风也感到疲惫
八月的阳光在白天还有激情
燃烧自己多余的脂肪
青春的感觉
已经和彩色拉开了距离

给风拉一曲舒缓的琴音
柔曼的旋律
醉了紫色的浪漫
情怀总是那么简单
心的颜色会是紫色的吗

27

八月初一

秋天到橘乡 / 林海蓓

到了秋天
满树的橘子
仿佛都从远方星光繁密处回来
点亮大地

所有的等待
都没有辜负春风
把花蕾交给了果实
把酸涩转化为甜蜜

28

那些在阳光下闪闪烁烁的
是一颗颗金子般的心
是不曾打开过的秘密

八月初二

漓江的桃花源 / 梁　潮

总有些活生生的山头
石头像牛像马
特别像骆驼和大象
仿佛是神话里说的桃花源
水草漂浮
草尖的波纹忽隐忽现
河道弯弯的
流影漂来漂去
漂呀漂到山的那边
海的那边
一直到秋日的天边的那一边

云里雾里
迷迷茫茫的峰峦
还有那无数个清高淡远的山尖
烟雨的飘带绕过来
绕过去
山涧的小溪和流泉
也比别的地方流淌得散漫一点
不管是成家还是没成家的
都好像是一个小时候的家园

29

八月初三

没有风能冷却八月 / 黄晓园

正午，泛白的石
炙烤着，从它身上路过的阴翳
瞬间被融化
汗渍的脚印也即刻蒸发
没有风能冷却八月
一切陷入焦虑
蝉鸣蛙唱早已不是天籁
烧心，令这个季节
炼狱一般

30

八月初四

也有他风景
石缝边，小草依然清醒地绿着
杨柳悠闲婀娜
用无数纤纤柔枝诠释什么叫缱绻
花儿，你敢直视
她便敢极尽妩媚地怒放
翠鸟尽享恩赐
在一条溪水的镜头里摆拍
呵呵，八月
也有清新凉爽的伊甸

八月老家 / 白发科

老爸花了不少钞票请来的铁巨人
黝黑的一椽一瓦，一土一石
都被运走，或埋填
老屋的荣光和酸楚，没了

这几日的天气，如老爸的脾气

阴晴难定，时好时坏
埋掉过去是需要多大勇气啊
而新的希望，像煮沸的酒
醉透肌骨，和灵魂

31

夏缓缓而远，秋已至
一些豆子用心良苦，把
另一些的绿，向云边挤了挤
树梢望向天空

八月初五

哪一朵云都不像原来的模样

依玛尔博[1] / 吉狄马加

1

八月初六

谁会忘记那个秋天
你缓缓地向着我移动
就像梦境中的一幅画面
身后是剪影般凝固的远山
（这么多年什么都忘记了
但我还记得那个秋天）
谁会忘记那个秋天
你跳荡着的褐色旋律
比黄昏的落日还要耀眼
谁会忘记那个秋天
你随风自由地旋转成
一千道太阳的光芒
牵动着山岩沉重的翅膀
谁会忘记那个秋天
你骚动的记忆
像燃烧的红缨
更像滴血的云彩
谁会忘记那个秋天
我仿佛又看见你在那远山出现
差一点使我哭出声来
谁会忘记那个秋天呢
除非有一天我已经死去

---

①依玛尔博，彝族民间一种顶端有红须的草帽。

大藏寺的青稞 / 龚学敏

大地把青稞熟透的那天，叫秋天

大藏寺熟透的钟声，把青稞地
敲击成一片片的铜
铆在大地的胃，最饥饿的空洞处

青稞地一片连着一片，铜的
羽毛带领整个大地在飞。大藏寺
是大地的鸟的心脏

比如拖拉机载着的蚂蚁，不停地
用路面的颠簸，磕长头
直到自己越颠越渺小，而寺庙
越来越清晰
拖拉机停止柴油的呼吸
拖斗里的人
低着头，像是从暗处逃出的，裹着
悲伤的，用旧的人生

这些人生，终将与青稞一同老去
风揉着它们，像是我揉着
自己身上的污点。而大藏寺的灯
会与青稞留下的肤色一样长明

2

八月初七

秋　天 / 陆　健

满城的黄叶。是秋天在花钱
这奢侈的季节。树木衣单

3

八月初八

在哈巴河，看奇幻的云 / 彭惊宇

阿尔泰山是富甲一方的云的宝库
它敞开巨人的怀抱，向哈巴河辽阔天穹
连绵不断地推送，一系列奇幻的云

金秋。哈巴河畔天然白桦林
被太阳这位丹青妙手绘染成一派金黄
而那些浓淡相宜的白云和铅灰积云
入画，如诗。更增添白桦丛林的静美

透过那一片低下褐色头颅，集体沉思的秋葵原野
透过金枸杞和红碱蓬，透过阿克齐湿地曳动的苇蒿
能明晰看见阿尔泰山银灰雪冠，正牵引青海般的长云
那么悠远、森蓝，连缀成大美无言的旷奥之境

在从边防马军武哨所返回哈巴河县城的路上
我们蓦然与最奇观的云相遇。一艘硕大无朋的鱼形飞艇
横亘在前方上空，仿佛是超现实主义画家达利的绘画

4

八月初九

蛐　歌 / 和克纯

蛐歌
轻盈曼妙的清音
最经典的乡村音乐
伴随我一生的歌谣

蛐歌
散发着芳草的清香气息
弥漫着泥土的芳香味道
蕴含有清露之空灵妙音

5

明丽的秋日清晨
在故乡的《诗经》河畔浅唱
静谧的夜晚
在故乡的《离骚》桥岸低吟

八月初十

九 月 / 康 桥

九月的天气注定很冷
被冠状病毒击中的人
他们的眼里失去了阳光
睁开黑暗中的眼睛
所有的色彩都是黑色
所有的形态都是深渊
叶落飘飘
风走过骨头
哪里可以找到依靠的肩膀哭泣
所有的路都通向沼泽
我不能伸出我的援助之手
隔着口罩和距离的问候
过于单薄
靠近秋风
我们在别人的落叶里照见了自己

6

八月十一

致白露 / 庄伟杰

你以一滴水珠的形体，披着金风
为炙热的告别，率先捎上一阵凉爽

今夜露水重。背靠秋色的淡妆浓抹
轻与重，在时间之弦弹响一支交响曲

其实，露水不仅仅只是露水
它通体圆润透明，比珠光还要可爱

白色在五行中属金，因你的降临
一整个秋天显得更加澄澈，更具分量

当我举杯端起那弯月牙，醉卧无限山河
迎迓你，又一次在红尘里溢出梦想的水珠

7

白　露

白 露 / 边海云

白露为霜
偏爱这蒹葭深处
秋季漫长的叙述中的一枚绝色
氤氲面纱做渲染
半遮波影
遗世独立

文字生长的内在光华
苍茫人间，取一瓢洁净祭奠心中图腾
水之湄，目光点燃时间
沉醉的山河，踏进梦的深层

水之洲，诗句洗却一身浮华
伊人，想你的温暖开启这漫溯旅程

8

八月十三

等待成熟的秋天 / 白公智

我别无选择　总要拧干了白昼的汗水
再慢慢去触摸黑夜的忧伤既然
从母亲温暖的身体来到尘世
就要慢慢地过完一生的光明和黑暗

而今生用掉的日子　和吃掉的粮食一样多
我不能像别人　那些挤挤挨挨风光的人群
总会张扬着故乡的云和彩虹　像风
从村东吹向村西，吹过祖国的山河

9

我匍匐在秦岭南麓，安康大地，
和故乡的树们，草们，种地的乡亲们在一起
和石榴树一起，开火红的花，陷入一场爱情
然后等待结籽，等待成熟的秋天

八月十四

其实我用一生的努力　最后的结局
我就是一棵树　多好的石榴树
火红的爱情是我开放的，等到苦涩的果皮裂开了
粒粒红润的日子　甜蜜着乡亲的甜蜜

秋 / 陈映霞

秋天来了
我变得柔软，不计较恩仇
我总怕身边的人
被秋风带走

穿越生命之秋
没有力气跟你告别
没有力气再爱你
停顿在这个秋天
我们又成了陌生人

这份深深的爱恋
经不起浅浅的秋色

10

中秋节

秋天，西藏的天空 / 陈跃军

西藏的天空，是一望无际的大海
白云是散落的岛屿，那空洞的蓝
让人心痛而沉醉，杨树叶在枝头
做今年最后一次服装展示，我把天空装进心里
那是整个秋天，让人喜悦而忧伤的秋天

西藏的天空，是一个自由的舞台
白云像个调皮的孩子，玩起了变形金刚
它习惯自我陶醉，不管有没有观众
依然变幻各种各样的形状，故事在上演
抬头之间，那只是一个玩笑或者恶作剧

西藏的天空，是一块透明的玻璃
总让你有一种不真实的感觉，你永远摸不到
但它一直在那里，在你的眼里
在你的心里，挥之不去
西藏的天空是你的天空，绝无仅有

11

八月十六

古屋，夕照 / 邓醒群

是的，我看到一片云从瓦面飘过
阳光，透过元峰塔
洒向古屋，石街的石头排列有序
大暑后的高温且行且凉爽

秋江河畔竹影婆娑
妈祖庙、太王洪圣庙、关帝庙香火绕来绕去
唯有鲁班庙住进了凡人
凤岗书院，燕子呢喃
它与屋檐下麻雀一唱一和
诗云，子曰。然而
那道圣旨牌坊永远消失了

锄月山房不长梅花
瓦砾，淤泥，杂草丛生
大众剧社激昂的抗日声音
在蓝塘圩口口相传
茂盛的榕树，焕发出不一样风光

12

八月十七

秋声赋/高作苦

秋风一行行，一行起于明清，一行终于昨日
秋风太远，又太近，太重，又太轻
秋风是个小圈套，里面圈着春夏。炎热已逝
悲凉重来，有十万里落叶任其挥霍

一场秋雨骑着马，赶走多少薄脆的夜色
秋雨催人老，把邻家女孩催熟
这个秋天，一碰就会出水。贩果的大型汽车
狂奔在高速路上，秋风替它速朽

13

八月十八

我是无法归顺的一个。"瓷碗破败
盛满青苔的积雨"。体内的微光，是秋风
用旧的佩剑。但舞剑者已被墙角的蟋蟀接走
围观者被沿河两岸的芦苇冲散

最后只剩一杯茶，以地远天高为念，咽下
我们烟雨苍茫的前半生

低头看见滕王阁 / 柯 桥

比一盘旋转餐厅的早点更低
比一束窗台上的塑料花更低
比一群任性的大楼更低
比一颗流浪的尘埃更低
比一片稍纵即逝的早霞更低
比一阵雁鸣更低
比一洼又瘦又冷的秋水更低
比一颗欢愉的心蒙恩苍茫大地
比一篇孤寂的序更孤寂

14

八月十九

梨子坪的秋天 / 李永才

曾经的梨子坪，一冲青山绿水
经阳光那么一晃荡
在秋天，就豁然开朗了
30 年后，秋天再次回到山冈
阳光依旧，在我的额头
闪着白亮亮的光
而山寒水瘦。一溪流水
洗尽秋色。除了岭上落叶
值得珍爱的事物，越来越稀少
我坐爱白木溪的野岸
看金色的余晖，沿河谷蜿蜒
光阴流逝一寸
母亲的白发，就稀疏一寸
秋风猎猎向天啸，几只麻雀飞过
风这么蓝，而天却好凉

15

八月二十

秋天的手掌 / 绿 音

秋天
从一片枫叶的叶尖
开始燃烧
星星般散开的红与橙
瞬间抵达
我的每一个指尖

我张开沸腾的手掌
看见岁月已经苍老
掌纹，纵横交错
每一条都能抵达寂寞
却没有一条通向春天

天空暗下来，这时
如果我往秋色里加点雨
就可以酿成酒
而我是那个不醉的人
千杯，万盏
不醉，亦不归

16

八月廿一

野菊花 / 马海轶

朴素的碎花衣服
朴素的女子
我偶尔越过山冈
与她不期而遇
客气的她摆弄钮扣的她

带她回来
为她忙碌

17

八月廿二

秋雨野菊花
和不真实的我
斜靠在岁月里
酒汩汩流淌
洗净了语言
生命的最后甚至
零落成泥碾作尘之后
野菊花是否依然朴素
依然长久追随我

一个黄昏刮寒冷的风
采一把野菊花
我走进自己的寂寞
我如何向她诉说

秋 虫 / 马 丽

秋虫是今夜的风铃，挂在窗边。
秋虫是今夜的窗帘，闪在窗前。
秋虫是今夜的窗花，开在窗台。
秋虫是今夜的鸟儿，打着响笛。
秋虫是今夜的星空，繁星点点。
秋虫是今夜的眠曲。诗意的梦境。
秋虫是今夜的伴侣。今夜的邻居。
今夜的光。今夜的水鸟。含着水的声音。
今夜，栖于水中。
秋虫的清脆的呼噜。此起彼伏。
今夜，是虫之夜。水之夜。静之夜。

18

八月廿三

皇宫湖的静与美 / 马文秀

抵达阿克苏，黄昏刚好停在额头
苍穹之上满是吉祥的气息
远观、近观，皇宫湖的静与美
此时不适合用言语去打扰
飞鸟叫出秋日的明艳
翅膀掠过湖面，留下一束光
映出阿克苏生长的影子
以及背后千万建设和守护家园的天使
你看！落日照亮大地，慢慢拉开画布
转个身，叫醒酣睡枝头的鸟
让它以歌喉让鸟兽鱼虫摆好造型
等待落日蘸取大自然的色彩
将巨幅油画留在皇宫湖纸上
记录崛起的阿克苏。

19

八月廿四

山 茶 / 欧阳清清

花都从枝头掉在地上了
一朵一朵
还努力保持着在树上一样的鲜美

落花努力阳光地笑着
一层一层
红地毯一般地铺着

枝头上一定会有新开的花
一闪一闪
繁星满天

20

秋雨有一些微凉
一滴一滴
在枝头是露，在地上是泪

八月廿五

蓬溪红海，鱼跃的歌唱 / 秦　风

"它在一个膨胀的温度计中升起，
直触到了爱人的脚。"
嘉陵江在左，涪江在右
蓬溪，诞生于它们亘古的宠爱
大江南流东去，奔袭的河流是盆地
一次次的突围。而倔强的蓬溪
在远去之中，又折回自己
仿佛有不忍舍去的家国与爱人
蓬溪，要有怎样的胸怀与气胆
敢把一座水库叫作，中国红海
海是归来的故人，沉静中泛起的回响
这响声，形成更远行走的海浪
内心的沸腾，便是蓬溪河流遍
蜀中山川田野的血脉
这血脉中，有铁马冰河踏过
有刀枪剑戟穿过，有镰刀斧头砍过
这片水域，白云是行船的帆
这片土地，阳光是庄稼的头颅
明月清风经过的万物，都向着梦想
生长。而这梦想，定会长成梦想
此刻的红海，仿佛是跃出水面的鱼
一个乐队激动不已的指挥者
瓜果遍地的秋日，用它来做梦吧
而这梦想，正是一种色彩斑斓的歌唱
比起稻田，比起桑树，比起水鸟
再配上这些炊烟、暮色，以及村庄
鱼的歌唱，更是一种注目与致敬

秋　水 / 肖春香

一条水，从春天的高山上萌芽
一路向东。经历了繁花遍地，滚瓜涌溅的
青春，也曾支离破碎，跌落悬崖。
如今，终于走到秋了

如今，终于学会忍受这个世界的岩石
学会不再顶撞生硬的河床，学会
顺从地，让自己一次次弯曲。
也终于学会，收起怀山襄陵的任性
不断挤出自己的水分，谦卑地
回应瘦削的秋天

把自己挤瘦了的水，还将继续挤出自己
迎接一个，更加严厉的冬天

22

八月廿七

秋 分 / 北 乔

洞口的虫子
被秋天的阳光切成两半
植物高举荣光
辉煌，即将猎杀生命

右手开门，左手关门
雷声隐去，先知点起油灯
影子在墙上走失
空空的谷仓像个洞房

23

撑杆插进河里，带着
船夫的体温，一条鱼跃出水面
挂满河流的秘密
秋风，开始浪迹天涯

秋 分

一片叶子走到秋田 / 谢小灵

整个秋天河流躺在被风吹得失去了形状的河岸之上
时间允许雨珠在荷叶上慢慢形成
我们到河的源头倾听一切的消失
我成了幻想者和创造者
我知道上帝已为它写下好评
我去得晚了一些
生活的荒原幻想的朝圣之旅
沿着黑夜秘密开放的红玫瑰
圆润的空气未被俗世划破的脸颊

24

八月廿九

那是蟠桃的蜜汁 / 杨佴旻

这飞刀被战神吻过
一个圣洁誓言的守护人
我们出征的那一天
我坚定我的信仰
必须从小记住这座山这是圣约
这只蓝鸽子她是阻止战争的信物
伸向云端的手
快把爱给我
不然我就从你口袋里偷
秋日晴朗的早晨又一匹天马消失了
那飞过的乱箭那些丧心病狂的天堂鸟
那么巨大
她飞翔的翅膀
我再也不喝羊奶酒了我要喝水
不那是蟠桃的蜜汁
你看看
我手上的这把斩魔刀我没有杀过神

25

八月三十

秋天的胡枝子 / 张　隽

胡枝子，一定是个母性的名字
一枚古代的月亮，一路坚守到今
我见到的胡枝子在秋天的路边
在石头上开满了花
像一个年轻健壮的女性正在生儿育女的年龄她形体不高，枝
条弱小细密的花朵压弯了腰身但每朵花都开放着朝上胡枝子
都长在石头上开出的花都很从容
她知道，她必须开花她唯一能做的
就是用开花守护石头像一位母亲
用生育，守护世界

26

九月初一

九 月 / 张 战

九月草原是一大块灰绿钢化玻璃
脆，然后碎
不是哗啦一下碎
是软软地碎
一个人喝醉倒地
那样碎

突突突突打草机拖着刀片
嘴角银亮，淌着绿色蜜汁
倒下了无芒燕麦
蓟、小黄花和羊奶草
牧草甜香，高飞咆哮

27

九月初二

但锋利的刀齿突然软了一下
草丛中有一只沙百灵鸟
来不及飞走被砍成了两半
昨天它还唱着红月亮
昨天它还把整个草原收拢在翅膀下

空 山/梅依然

秋天的雨
像无数的词语
堆积在每一个值得
怀想的屋檐下
像光线
铺满夏日遗留下来的田野
谁会扬起一张湿漉漉的脸孔
走近我
时间的声响犹如童年时
栽种的树木在山谷摇动枝叶
由远至近，由轻及重
穿过我
我站在风吹来的方向
仿佛是葡萄园里最后一棵苹果树
伸展着回忆潮湿的枝条
却并没有回忆
也不想起任何人和其他事物

我保持我的孤独

28

九月初三

超幻侠之旅 / 超　侠

把一句誓言
丢在凤凰山里
借着白云的呼喊
向世界
道出　宇宙深处的秘语

把一段情感
洒向秋日天空的蔚蓝
随风的翅膀
和昆虫一起　旅行　鸣唱

把一首歌
献给瀑布里的你
黏人的蝴蝶嗬
听到你翅膀上　星空的旋律

原来你们的星星座驾
都落到了这里　那里
银河滩 天狼滩　以及
我们暖暖的心窝里

超幻侠之旅
正驶向最亲近　最亲切
也最遥远的
触不可及

29

九月初四

北方的秋 / 路军锋

既然一片叶子也无法留
那就告诉风儿慢点儿走
是谁，忘掉了金色的记忆
储存了一冬的安逸
是谁，携带昨日的光
在大山的后院
看一滴露珠打坐
看一树古茶变色

30

九月初五

国庆阅兵 / 黄亚洲

说此刻辛弃疾与岳飞在隆隆前进是可以想象的
他们的肌肉与关节，现在
由发动机与履带构成
我看见他们肩背的强弩上，写有 DF—41 字样

他们的坐骑，甚至
可以在空中呼啸
一朵朵白云，是战马打出的响鼻

1

九月初六

说此刻和平在隆隆前进应该是顺理成章的
和平甚至有豪猪与刺猬的外表
我越来越觉得，锐利，就是和平本来的模样
也就是说，这个国家的和平
已经强大到
足以让世界和平

观礼的人群中，我听见一个女孩在说
妈妈，他们走得好整齐啊
显然，这应该理解为
民族的未来在对民族的当下作出赞许，理解为
一只衔着麦穗的和平鸽，在引领
千军万马

长春短秋 / 梁 平

长春的秋，比兔子尾巴还短，
一盒长白山点燃的工夫。

满街飘荡的裙子，来不及清点样式，
就羽绒包裹了。

人约黄昏没有浪漫，
秋波找不到安放，失去了光泽。

十月的天空空了，星光不见灿烂，
只一壶老酒，取暖。

已故的斯大林大街，楼房切成魔方，
每个格都在翻转漫长的夜。

九月初七

自　在 / 车延高

等秋天摘光树叶儿
写诗的手，铺一地金黄

扶你走，躺在一片叶子上做梦
菩提，不计前嫌地吐绿

寺院自在
因果替天开花

3

九月初八

重阳：写给父亲 / 晓 音

我的父亲
今天是九九重阳
天堂如果有山
您就去爬山
但不要太累了
您一定要坐缆车上山
您一定要带一条擦汗的毛巾
您一定要改改您的节俭
买瓶啤酒，买一份四川回锅肉

我的父亲
如果天气晴好
您就坐在山顶的青天白日下面
大口喝酒，大口吃肉

我的父亲
如果您也在想念我们
您就面朝南方
此时，您一定看得见
您的女儿正在一列
开往北方的火车上

4

九月初九

稀疏的银杏林 / 张 炜

你高贵的金叶即将落下
安静的深秋在默默等待
一个人踏着寂寥的干土
走向深处的忧郁和喧哗
草叶是枯弦被风弹拨
鸟儿追逐昨日的初恋
一切融化在蓝天之中
化为白帆一样的游云

5

九月初十

如此安详自尊肃穆淡漠
像一位历尽沧桑的男子
面对空洞的世界不再言说
心中装满了充实的岁月
在恰如其分的距离之间
上苍创造了伟大的自然
在完美现实的颜色里
感受无穷无尽的空虚和美
一步步度量时光的温度
它如期而至的全部恩泽

杨树——答徐江 / 侯 马

我拎着一只空筐
来到村口沟底
这儿有一片杨树林
杨树像一群途径此地的贵妇人
用落叶铺了一层
厚厚的波斯地毯
实际上我完全被秋天之美
与大自然的富有震撼了
但我只是埋头扒拉树叶
很快装满了一筐
当时我以为
我学会了劳动
其实我只是学会了占有

九月十一

野菊来函 / 路 也

诗人你好，我已在村路和山崖开放
一朵朵，一簇簇
毫无疑问，我姓陶

我的清香已渗进秋天的动脉和静脉
石头和石头受香气牵连
结为了兄弟

7

我已有了一件风的罩衫
还缺一件薄雪的外套
在秋天和冬天的门槛上，我才开得最好
倘若你肯为我写首诗，我就什么都不缺了

九月十二

你何时到南山来
我想请你指挥一个漫山遍野的乐队
在这里写诗，写坏了也值

是的，我已得到天空的允许
成为一丛野菊，不进入任何园圃

佳期如许，恭候诗人到来
南山野菊敬上

寒 露 / 杨国兰

没有感觉比往日寒凉
万物身披秋阳，就有了万幅油画
寒露降下来，就有了万顷波浪
你在秋雁的布景里
手握蓝色露珠，果篮。是夕阳
最深处的涂抹
有些果子新鲜，有些已经干瘪
还有偶然飘进去的枯叶
即将降落的秋霜
我将一一品尝

8

寒 露

秋 天 / 胡丘陵

秋天来临，稻穗低着头
默念着一串串名字
田野中抬头的母牛
呼唤它的孩子

小雨，给山雀子催眠的乡村
打着点滴
失业的胶鞋和旧农具
耿耿难眠

9

九月十四

秋天深了 / 金所军

秋天深了
春天遗留的伤口慢慢愈合
神秘的火燎烈
广大的原野，白骨变为灰烬
隐隐的响声飞翔
是死去的头盖骨发出的声音
是秋天的人们努力倾听的声音
囚徒在黄昏离开村庄
血液滋养过的尸首和眼睛
在声音漫过的黄昏
进入到秋天的核心
世界啊，秋天深了
苦难而丰盛的大地
破碎的钟声将被谁拾起

九月十五

金陵的柿子 / 龚　刚

六朝如梦
瘟疫仍在漫延
白人优越的谎言像枯叶
一样脱落
这个世界，秋天深了
神的故乡鹰不知所踪
浩荡的风，横扫天地
为冬的驾临殷勤清场
乌鸦的叫声，越来越欢欣
所有的坚持都在苦苦支撑
被遮蔽的枝干饱吸张旭的墨汁
岁月的余火溅落
一枚枚柿子，从内心燃烧
在棲霞山的冷雨中
万里外的巴黎，众生逃离
台城柳依依如旧，不知如何安慰

11

九月十六

遇　雨 / 赵晓梦

该来的总会来。花径崎岖
柠檬在秋天身上使劲泛黄
一到这里，身上的力气就小了
脑子只用来思考眼前的事情
其他地方都空空荡荡
风晃动着每一片叶子，也晃动着
每一颗开裂的果实

阳光藏在阴云背后沉默不言
脑子空出来的地方装不进新东西
看水，水就在山间岩石上流淌
看云，云就在树梢上飘飘荡荡
雨点的深浅与冷暖
不过是一只鸟惊飞另一只鸟
缺席的肩膀寻找着兰花的嘴唇

九月十七

我不走了，让雨滴一个一个地来
从红豆杉和无刺冠梨上来，从斑竹
刺竹上来，菊花、栀子、银杏
早已占据方位，飞蛾树张开蝴蝶的
羽翼，金黄色的茸毛落了一地
竹荪和香菌醒来，强势得一踏糊涂
——地上全都是尊卑长幼的序次

草　原/曹　波

金色的草原
在阳光下
经幡飞舞
飞舞在蒙古包旁
马群等待着
游客
金色的希拉穆仁草原
经幡浮动
十月
它有金子般的心
我也要拥有金子般的心
现在只到灰黄

13

九月十八

深秋 / 曾若水

秋风起
树木打了一个寒战

好心人刷白树干
仿佛给树儿穿上了裤子

一朵朵野菊花
如一个个金黄的纽扣
扣紧秋的衣衫

14

九月十九

北平的秋天 / 程晓琴

时常以为
生命中最奢侈的事情，
莫过于有一段安静的时光，
品一窗北平的秋天。
天高高的，
蓝得可以拧出糖果色的香甜。
微风浅浅地刮着，
一丝一丝的清凉。
轻轻地划过指尖，
温柔极了，
生怕打扰了你清晨刚刚醒来的心田。
树梢是悄悄变换过来的金黄，
或许就在昨晚，与夕阳对视的一瞬间。

蜿蜒的胡同，
安静地晾晒着北平千年的厚重与磅礴。
寂静的天空，
欢腾着鸽子的鸣叫和大爷大妈有一搭没一搭的叙谈。
街的尽头，
是多少文人墨客诉说不尽的，
北平的秋天。
在眼里，在心间……

15

九月二十

秋 魂 / 庄晓明

世界的大门缓缓闭合
我独坐我的小院
看瑟瑟的树叶与光线
如一束束灵魂
空中坠落
一缕陌生的凉意
泥土深处缓缓升起

16

九月廿一

樱桃之远 / 孔晓岩

我的名字叫红，她的名字
也叫红。
梦中的荒原着火，点燃了雪的刨花。
一望无际的雪野，
唯一的灯盏也叫红。

红雨伞，有什么理由
拒绝雨天？
穿红色靴子的小姑娘仰起脑袋
猜测天空的谜语，
雨点回答了她：
我们喜欢陌生的事物多过喜欢自己。

17

九月廿二

我坐在秋天的小阳台，
等阿巴斯经过。
他会用电影和我说：
一颗红樱桃的滋味，将胜过
这世界的一切滋味。

秋天的玫瑰 / 孔占伟

深厚的风
吹得越来越温柔
放下刺刀的阳光
紧紧咬住怒放的花蕊
在这个穿金戴银的节气里
鼓动大地的火焰
一片一片落下来
简单又明澈的日子
变幻的颜色更趋单调
那粗粝的时光之外
花骨朵用心绽放
有一伙种植玫瑰的人
眼里就剩下纯粹
内心肯定是望不到边际的艳丽

18

九月廿三

布满窟窿的披毡 / 勒格阿呷

在孤独的秋收中
你披上星星的眼睛
自你裹起山里的老人
大西南金黄的沃土
折叠起乌云的夜
风雨分割着羊群
日月腐蚀着老屋
直到你射穿月亮的心脏
残阳同你滚下山崖
你被火焰重塑母床
我穿梭于生命的岩脚
感知窟窿的体温源于披毡
那件同火葬场一样深邃
余温旋绕母亲的披毡
为你我的梦，御寒

19

九月廿四

十 月 / 李尔莉

十月，一个收获的季节
我手握镰刀，在田野里挥舞
收割努力，收割想象
顺便把沿途的美景收割，垛成整齐的
诗行，在秋天的怀抱里
自由洒脱
一字一句，一草一木，一花一叶
人物，故事情节，环境描写
……
沉甸甸的，装满了收获的心房

十月，一个清醒的季节
春天播种了什么
秋天才能收获什么
比如，春天播种了空
秋天就会收获"空空如也"
春天播种了高粱　大豆　玉米
秋天就会粮食满仓

而我的十月
或许，只收获了一句话——
春天播种了微笑
秋天就收获了一地朗朗的笑
有一分耕耘，就有一分收获

20

九月廿五

落　叶 / 李子白

既然消亡的命运已经注定
何不作这投入大地的潇洒旅行
化作腐积肥沃的粪土
来春在枝梢寻找再生的绿阴

21

九月廿六

阅 读 / 郭栋超

秋阳迷蒙醉眼，
白浪轻拍，
腥味的海岸。
鸽子踩着青绿，
走近大海，
海鸥扇动，
晨曦柔顺的光亮。
帆船洁白，
黛赭的深海，
每一座阁楼，
以及每一个村庄，
树叶抚摸，
一尘不染。

无雨，
淡黄、淡黄的草地上，
素衣飘飘，
那个人遗世独立。
一把花格格的伞，
琴音鸟鸣，
大山托着小路，
由远及近，
阅读天空大海帆船。

22

九月廿七

霜降下来/舟 舟

霜降下来
最小最白的果子落在大地上
这均匀的一模一样的果实
突然出现在无人觉察的夜半
那整齐的因还没有来得及追问
就遍布了千山万水

那些碎片般的树叶那些
漂浮的枝条和树根
那些飞扬的光线和土壤
都是虚幻的吗？那么种子呢
那不计其数的种子究竟在哪里

同样的形状同样的色泽同样的
冰凉这声势浩大的阵容不是
沙的阵容星星的阵容梦幻的阵容
它只是果实的阵容
带着每一个果子的圆满

那些飞翔的鸽子渴望回家
那些奔跑的兔子渴望回家
那些白衣白袍的男女渴望回家
他们在速度中变小变圆
家在黑色穹窿下

23

霜 降

晚 秋/谭 践

一把蓄谋已久的火
焚烧着秋天的落叶
烟与火，注满了清晨
树上的叶子还在不住地飘落

无意而又深刻地纵容
百花纷纷赶来
武装到牙齿的秋天
却预备了一场肃杀的盛宴

24

难逃一切的绿叶呀
轻轻地落下来
将我这满身的创痛
轻轻地覆盖

九月廿九

千年离石风景 / 王 谨

踯足在千年古镇，
背靠千年的山巅，
还有水草丰美草甸，
我的心飞越千年。

千年的风尘染红了山上的枫叶，
古镇的路基融入千年积淀。
千年的神水浇灌了肥美的草原，
千年的护卫战车无形地在这里延辗。

25

十月初一

草甸上空还悬浮着胡人的炊烟，
林间还回响当年守猎人拉弓发箭。
一代王朝在这里运筹，
李渊一代霸业得以立建。

吕梁山地貌以贫瘠知名，
美离石风景却让人留恋。
吕梁山与离石好像一对姊妹，
颜值差距大一切出于海拔自然。

中华文明上下五千年，
留下千年古镇千年古县。
历史的时空深不可测，
任何国家难与大中华比肩。

秋将尽 / 雁 飞

显然，还是秋天
显然，秋天将尽
时光黯淡，局势脆薄
如果风雨忽来
秋天，必被吹破
这一天迟早会来
但，不希望现在就来
时间过得飞快
但，不希望一下过了
忧虑的人，是否，已变得
心事重重
善感的人，是否，已有了
莫名忧伤

26

十月初二

秋　光 / 杨四平

午后的阳光清洗万物
水天相映处
我的目光清亮清亮

水面上
鱼鳞悠游的闪光
像外婆桥晃了一下

27

那波动在天穹里
婴儿般嫩滑
秋日正从摇篮里醒来

十月初三

秋　夜／亚　楠

我似乎仍然在梦中
继续把梦
当作返回现实的秘密通道
这几乎就是
我爱着一个人的理由

就先不去说这些吧
秋夜寂静
星星眨着眼看我，看人间
冷暖
草木生死枯荣

即便如此，在布尔津的
童话里
也能够听见神鸟啼叫
若一道
锋利的闪电

28

十月初四

芦 苇 / 张映姝

十月的可可苏里，自然的变体
飞出想象的边界
云朵，雪山的喻体
湖水，天空的长调
鸟鸣，游鱼的绝句
这个透明的午后，无言的美
芦苇一样生长、铺展
谦逊、沉默，就像之前的九月、八月、七月……
甚至之后的每一个日子

29

十月初五

秋　天/冰　虹

清风携着清凉隐秘的香吹拂虹园
地上的果实丰满　甘甜酿入浓酒
醉意的银杏林金叶纷飞
她赤裸着双足　于金色的林径轻舞
月光拥吻她　燃着微醺的暖
秋日的悲悯与灵性
收藏诗人的破损与完美
随她开始一场神奇的溯游
欢愉之心形同婴孩最原始的吸吮
游弋在时光的深流
那是千百枚破碎之果的复苏
在深埋的孤独之花上再现成熟芬芳

十月初六

怀恋十月 / 霍　莹

没顾上告别，
十月已悄然离去。
十月，　予我充实
予我诗意，　予我灵动，
予我快乐。　感谢十月，
赠予我那么多。
礼佛那天，我忘记了。
想起时，才发现佛已在我心，
道在前方延伸。我登上光明顶
云海，峰峦，黄山松
这美都是爱呵。
值得庆幸的，我们都在
我舒展双臂，拥抱目之所及的世界。

十月初七

小雨加雪是一首颂歌 / 梁小斌

小雨加雪是一种颂歌
以后写到雪时
必须雨雪交加
我想雪碰到了温暖的雨
雪就会融化
您瞧那一阵细雨扑进我的衣领
轻盈而出
细雨又称为自由膨胀的硕大雪花
我肯定不是由温暖所构成
我伸出手臂挽留雪花
小雨加雪是一首团团旋转的颂歌
旋风迷失了方向
一个在风雪中拎着眼镜走回家的人
隐约看见，在我周围
雪花正纷纷扬扬

1

十月初八

孩子问我知道不 / 刘向东

听说是因为树的高瞻远瞩
深思熟虑，叶子落了
让孩子有机会
看见绣着花纹的翅膀

大风里落叶乱归鸟
像是落叶又落了一次
孩子问我知道不
看，鸟儿把绿叶带回树上

2

十月初九

麓山红叶 /梁尔源

当月亮熟透的时候
麓山就露出了红盖头
桃子湖的快门
成了那些往事的陷阱

搂着湘江的灵魂
在秋风中舞动
用红叶点燃那壶老酒
从浸泡的腐叶中
翻看那片火烧云

3

站在一条江的鼻梁上
数着秋天的眼睛
镜头在睫毛中闪过
那些碑文中，晃动着
追逐的背影

十月初十

满山的风铃摇响了
年华在朗诵月色
山道上那些深浅的脚印
行走的太极阴阳
牵出典籍中的倒影

屏风记 / *安海茵*

初冬的落日在原野将尽未尽
世事在沉睡中等待镕金的一刻
我在万物的途经之处
早早隔上了树篱

手捧小暖炉
细细端详这屏风上的纹理
把它们当作时间的故人

每一道纹理都致密
每一粒光线都想在屏风间来回穿越
小马驹一样跃过
旧山河一般安敦

4

十月十一

小　镇 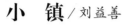/刘益善

绿褐色的山水
流泉绕着白练
粗心的画家
遗下的浓墨一点

青的屋瓦
青的砖墙
燕子的翅膀
翘起的飞檐

一截小街
三家铺子
杂色的鹅卵石
铺成凸凹的路面

在遥远的山里
坐着的老祖母
黑色的衣衫
慈祥的笑颜

5

十月十二

落 雪 / 汪剑钊

一场大雪居然在小雪之前降落，
初冬，一位含春的朋友逆着时令而英年早逝，
恍如透明的晶粒被攥在手心，
瞬息就杳无踪影，
摇篮曲因此押上了挽歌悲伤的韵脚。

窗前，银杏树的黄叶与白色雪花
一起飘落，仿佛生与死在相互敌视中又相互依偎，
仇恨早于爱情诞生，
世界的荒诞比理性更触动心扉，
人性的敞篷车被安装了一只兽性的引擎。

6

十月十三

立冬辞 / 梁雪波

雨打在脸上并不见得痛
冬天倒立，在通往福利院的路上
城市巨大的摩天轮
旋转，像要把湖水舀往天空
战栗向顶端汇聚，钟声坠入灌木丛
梧桐天梯一路衰变

内心的瓦盆已碎裂如冰
天使与昆虫交织着尘世的阴影
其实只要一滴，十万金盏菊
就能在闪电中现身
只要一滴，烈火的修辞就有回应
山冈上的灰烬呵，只要一滴
就可以熄灭我

痴呆的母亲此刻安睡，年轻的理发师
从细雨中折返
梦见她枯瘦的双腿，发黑的臀尖
岁月啊，向着枝头踉跄吧
酒中自有断头台
在冷锋倒悬的夜晚，谁还能痛
谁在痛中
紧紧抱住犁铧剖出的奔纵的马头

7

立 冬

立 冬 /李 犁

河流在坐禅。拉上帷幕，用冷水清肠，从冰里拓出自己
冬天是出世的，适合默念、诵经，回顾与幻想
田野是不关栅栏的教堂，等待风与物来祷告
而雪尚在制作大氅，麻雀为空胃愁苦，只有不食烟火的
乌鸦像个神父，声音沙哑、寒冷而空旷，让灵魂
有了畏惧，且寒而栗

精神饱满了，御冷瘦身节稻米，也容易
洁癖，让冬天少了人间的浩荡
天地封冻了，江山在身体里繁荣，河水茂盛
一群孩子跑上冰面，声音比冰脆。有的
跑掉了鞋子，小脚丫印在冰上，如新月在哭泣
他们也是神，欢乐神，天真无尘之神
让冬天的沉默和祈祷有了内容和方向

8

十月十五

木屋的冬夜 / 刘以林

炉火睡眠，木屋之夜一次又一次下落

星星用脚碰碰群山，小心翼翼
霜推着饥饿的狐狸在雪上行走
它试图敲门，但又警惕地离开

没有任何热量挪一挪位置
树睡进身体，草躲进草根
黑暗之中，寂静正在发亮
门在上方打开，门里的门也在打开
所有的东西都在向上移行

9

深夜，四只松鼠顶起木屋
波浪般的晃动之中，我忘掉炉火进入梦乡

十月十六

秋末冬初 / 周荣新

风渐渐凉了
水愈发地清了
天更加空旷高远
暑热蛰伏进了地底

树叶泛黄，就要叶落归根
青山卸妆，很快素面朝天
江河入静，即将藏头露岸
只有山村，炊烟依旧袅袅
鸡鸣狗吠依旧高矮大小庄院
依旧荷锄朝阳中，牧归牛羊后
一碗米香的油茶，两片透红的火腿
依旧被村民津津乐道，口齿生香
远离父母，被祖父母接送上学
的小红，见爷爷在一碟花生米
两杯浊酒的慢慢催发下
浑浊的眼里，是如何
泛起了晶莹的泪花的

那时候，冬天的村庄很空 / 高自刚

那时候，冬天的村庄
很空
人都藏在了地底下
塬面上，只有
奔跑的枯枝败叶
和凛冽的风

田野是空的
院落是空的
窑洞是空的
粮食囤是空的
父亲的口袋是空的
母亲的乳房是空的
我的书包是空的
肚皮也是空的？

实的
只有人心

11

十月十八

雪 花／龚 璇

初冬，我遇见的雪花
如一个隐者
习惯卧躺初恋的大地
把轻盈的衣
覆盖晚秋的凉意

我，执意为你擦亮身体
却在虚无时，空对着自己
掷地的欢喜

这些活着的雪花
落下，无声而神秘
谁，一直追问着。在地下
你，惊奇地发现
温暖，竟是这么重要

爱，没有错。约定的春天
会在融化的血肉里
与草木一起，发芽、开花

12

十月十九

冬天，与故乡通电话 / 胡建文

我问故乡
最近身体好不好

故乡说
身体好，饭也能吃，酒也能喝

我问故乡
那边天气冷不冷

故乡说
不冷，天天烤火，蛮暖和的

电话里的故乡
一切，都好

13

十月二十

笔架山 / 华 海

笔架山的笔端总有绿色喷涌
潮湿的石缝中，爬满草木的文字
峡谷中的泉溪，是怎样一种
让灵魂沁凉的透彻？
不管有没有人来，水流不疾也不徐
石岸上，机车的喧嚣近了又远
临近傍晚，只有属于这座山的才留下来
留下的人，看看时光在石壁上爬动
牵牛花把目光牵向古树后的幽深
夜鸟啼叫，林中有琢磨不透的意味
在一种语境里，我重新学习虫鸟说话
冬天偶遇雪花降临，那是另一种例外
心的形状和梅花的颜色
用去了山中人一生的想象……

14

十月廿一

珠穆朗玛峰上的积雪/阿 里

那是九月的桃花
她开在年轻的笑靥里
虽然时令已然立冬
但是冬是我的
她依旧是春天，初春，火红之春
是刚刚绽放的少女处子的芬芳

在冬铺天盖地来临的时候
她注定被我执着地爱着
虽然我的爱正因为她的无视
渐渐变得高大起来
如珠穆朗玛峰上的积雪
正式托起红彤彤的太阳

十月廿二

陪母亲静坐 / 刘 卫

母亲，像一只旧陶罐
有数不完的陈年旧事
我在母亲面前，是一场雨
灌满的土罐

动荡不安的，像铅一样沉重的寂寞
给了窗台上的花花草草
我梳理着花草的根茎，一张脸开成苦菜花
像中成药，输入母亲的眼睛中

16

十月廿三

母亲有点饥不择食，
误把一阵接一阵的咳嗽声
唤成我的乳名
要我放下洒水壶，坐到她的身边
晒着暖冬的太阳

大雪来临 / 邵纯生

天空低沉下来
一场预先说好的雪紧跟在后头
雪在云层中等候很久了
它还有耐心等下去
直到听见北风发出的指令

性急的银杏过早地解散了黄叶
风刮着树枝像某个人的呻唤
我幻想着左边一条小路
白茫茫的，从窗外的另一侧拐入视线
点亮的路灯光橘黄，柔和
几只小鸟跳跃在枝头
仿佛吹落的叶子重新飞回树上

忽然一分久违了的感动
伴随暖意缓缓上升
隔着玻璃哈气说不清因由
等我揉醒迷离的眼睛
回过神来，天地间已是一片苍茫

17

十月廿四

与雪同歌 / 沈秋伟

她，前世是火蝴蝶
燃尽了自己的体温
试图救赎急转直下的季节
今世，她是一只冷蝴蝶
为了春天的到来
她挥尽了自己的美貌
静静地消失于水的无形

她多么像我的诗歌
前世用尽了惊悚的语句
挣扎着去刺痛生活的平庸
而此生却如此短促
我耗尽了一生的才艺
只够为春天唱一首赞歌
看吧，看吧
雪拎着自己的白舞裙
在旋转，在做最后的告白

18

十月廿五

初见榕树 / 塔里木

街头上的这棵老树
内脏裸露
一把把褐色的根须又细又长
犹如古人的长发 胡子向下悬垂
在风中轻轻摇曳 仿佛在向我暗示
已是晚秋 却不见枯叶纷飞
拥抱我的是枝繁叶茂的生机
诸多支干围绕主干
好似孩子渴望母亲的相依
那些根又像无数脚趾
扎进土壤彼此谈笑风生
讲述着永生的故事

我很投入
好像看到了神仙的化身
无论到哪里
记忆里都是榕树温暖的身影

19

十月廿六

写在初冬 / 田 放

在冬的河流没有冰冻之前
我纵身跳入水底　以潜水的姿态
细细寻找不经意间
散落在记忆之外的情节

有许多的人和事
都长在春天的芙蓉树下
如所有的草本植物
蓬蓬勃勃地花开一季
便再也没有踪影

其实　看似很平淡的场景
一旦被岁月沉淀
便会过滤出闪光的质地
人心与人心的摩擦
伤害之外还孕育了成熟

不断地调整视角
可以全方位地观察世界
是是非非的蓬蒿
最容易将心智搅乱
坚守住定力　无非是为了
最后的一叶清白

20

十月廿七

白云内心辽阔 / 王爱民

一本翻了一半的书
等分白天和黑夜
棉堆银子，稻摊金子
粮食安抚粮食，丹桂小菊生香
蟹肚子里埋下黄金万两

多爱一会儿，很多事物入定
秋虫渐生归隐之心
燕子集结，白云内心辽阔
他们都有另一个要奔赴的故乡
悲秋人瘦如野菊花
衣袖内灯火一亮一亮

从一张画纸上走下来，石头金黄
花生满脸皱纹
白面书生终于迎来了出头之日
没白辜负这半辈子苦读泥土
母亲连夜抖落一簸箕芝麻，像星星
我长杆子打枣
一些进肚，一些红到来年端午

21

十月廿八

小 雪 / 肖 扬

我也曾
蘸过秋水绘沧海
自天外
惊鸿一瞥入梦来
我用整年的时光替你祈求
一场真正冬天的雪
却只有黑色的泥土
袒露出它的新美学

你说
那就不要再等
去到北方
去有雪杉的
有狗拉着雪橇的
有猎人的
北方

我说再等一等
哪里的小雪都一样
然后我在玻璃上画上六角的雪花
可惜的是水汽凝聚
水滴流成栅栏
将遥远的太阳圈起
云样的雪却随风向北

你走了
整个冬天
我一直守候着
一场雪也没有下……

黄昏的阁楼 / 王桂林

黄昏的阁楼
独立于进贤路的黄昏之外
一句不动声色的暗语
夹杂在时髦而喧哗的市井声中

里弄里的里弄
隐藏了它的身份，后门后面
盘山小路似的楼梯
连接的时光回廊又窄又陡

我的身体里面还住着另一个身体
一个旧文人，从新时代逃离
寻找他的危途。绛紫色的光缕蒙着灰尘
牵动着他隐秘的梦寐，与激情

黄昏的阁楼和我，都如冬天的落叶
当一个身体在封闭的露台独坐
另一个，正驾驶着黄昏，阁楼，和落叶
颠簸在旧时光的大海……

23

十月三十

雪 / 王立世

这年头
尘埃乱舞
雪不知在哪里隐居
我踏破铁鞋
才找到了你

雪落满了我的世界
你让我欣赏到冰清玉洁
玉脂才是脂，雪骨才是骨
我用灵魂赏雪，用精神滑雪
摔一跤，都是上帝的恩赐

24

十一初一

落叶放下了整个秋天 / 银　莲

选择走远
意味着我对你
不再迷恋
没有什么不可以放下
正如落叶
放下了整个秋天

25

十一初二

临 冬 / 五 噶

夜太单薄了
风轻轻一吹
就凉了

有人独坐屋顶
频频地向寒冷的星空高举着
空酒杯
他的叹息如铁
却落地无声

26

十一初三

后半夜
一只秋虫在夜的耳畔窣窣地叫着
声音时续时断，时急时缓
由大变小
最后小到连自己都听不清了

这时一片落叶打了个哆嗦
嘀咕着说好冷呢

离 岸 / 徐青青

秋兰，寒江和凌晨
哪一个才是
你最想拥抱的爱人
甘心为卿
为先导，为罗佩
于夕阳里，独步洲畔
隔岸，思忆
每一次奔赴
试着新装，乘骐骥
都因等待而意味绵长

宛惜一株草木零落
暗泣自家美人迟暮
黑色的守望和白芷的泪
在凝结成霜冻之前
战栗了多久
被风撩起的衣带
安抚过最沉重的叹息
真心从未泯灭，又一次
给折返的热情
回以激烈的飘荡

万世情深，换一身伤痕
此次诀别后
你可还愿，为谁路过人间现场

27

十一初四

指尖上的蜡梅 / 杨映红

正赶赴一场爱的盛宴
不小心划破手指
血从指尖渗出
似开出的一朵蜡梅
忽略着疼与寒
烈焰一样越过雪的季节
绽放——不老的情怀

28

十一初五

落叶赋 / 张耀月

生长、茂盛，摇晃于虚度的光阴
不同形状的样子如不同人的身体
有颤音，有孤鸣，有敬于人间的姿势
以各种颜色宣誓主权和独立性

它细致、谨慎，审视自己
审视枝头的春意和夏装
看河水的荡漾，听大风起兮
人间的故事都是它的恣意妄为
必须去人间一趟，倾听大地的声音

落于田野，成为误读草虫的残片
落于江河，成为点缀清澈的献身
飘向山涧的深处，成为分裂的喻体
有人站在树下游荡，看尽这一切
设置新鲜的幻想，审判旧意的生活

我随着落叶顺流而下
或飘向大海，或涌向挨挨挤挤的生活

29

十一初六

冬日黄昏的西湖 / 蔡启发

冬日黄昏里的西湖
一幅如诗如画的构图
落日跌进水中
圆得浑澄
泛起湖中荷痴情的干枯

远山笼罩着重叠的迷雾
三两游弋的小船
屋檐的眼前
从岸边延伸了昔日的埠头

倒影深一蓬浅一蓬
将曾经的生动浮出
水上水下
装点着这个冬日
黄昏里画一样的西湖

30

十一初七

大 雪/梁晓明

像心里的朋友一个个拉出来从空中落下
洁白、轻盈、柔软
各有风姿
令人心疼的
飘飘斜斜向四处散落
有的丢在少年，有的忘在乡间
有的从指头上如烟缕散去

我跟船而去，在江上看雪
我以后的日子在江面上散开
正如雪，入水行走
悄无声息……

1

十一月初八

大　雪/唐　晴

白茫茫一片，望不到边际
巨大的寂静中
我听见草木萌动的声音
独立冷静的高楼之中
谁来牵着我的手
当朝阳升起的时候
以窗户为画框
把我高高地拥抱
我白茫茫的一片思恋
化作一句问候
亲爱的
你那里下雪了吗

十一月初九

大 雪 / 花 语

更大的冷来自体寒
不自信和猜忌，加剧灵魂的卑微
风在矮处举高高
母亲的坟头，还没长草

我奔走于动荡
为柴米油盐，交付流年里的率性
怯懦，一条道跑到黑
错爱偏执落果
纯真白里透黄
余额不多的坚定，已贴附更多妥协
偏锋，信马由缰

3

不甘的雪粒在绥阳
幻化为雨
大雪无雪的街头
我一直在哭泣

十一月初十

欣　喜 / 第广龙

落叶不等我的笔
我也要写下舍弃的欣喜
写下内心的明火和暗火
透过键盘上的按键
文字带着我指纹的光圈
和渐渐隐去的叶纹重合了
我不能辜负冬天——
树木露出筋骨
河流调整了音量
我的诗行
在风雪中翻卷

4

十一月十一

冬　日 / 王霆章

冬季，我喜欢有阳光的日子
空气中弥漫着晴的气息
仿佛一切
都可以重新开始
甚至听得见伤口愈合的声音

被阳光抚摸过的事物
多有温暖的内心
陌生人的微笑
像落叶般飘过
让整座城市回旋着善意

午后的阳光下
冻僵的道路开始柔软
手牵手的人们
不约而同
放慢了脚步

而屋檐下梳理长发的少女
也梳理着发中的阳光
光与影互为因果
银杏和梧桐
是否依然还爱着

5

十一月十二

禅：冬日校园 / 孙晓娅

冬日暖阳普摄每一颗尘埃
秘密自然生发出嫩芽
翠绿的心事没有深秋的烦忧
如莲池中静坐着夏荷

6

十一月十三

大　雪 / 何卫兵

一个又一个心绪在飘飞
抓一粒，化一粒
总是抓不住自己冷凝的心

抓不住的，就落在地上
让其随水去吧！在心变冷之后
温暖已成了多余

7

大　雪

阿惹妞 / 阿苏越尔

在冬天，阿惹妞，
我用你的白披毡，
卷走了一场漫天飞舞的大雪。

送亲的人们翻过山冈，
阿惹妞，在你必经的河谷，
我用热血隐藏了一条汹涌的河流。

8

十一月十五

吟 梅 /白 海

说起梅，自然说到冬，说到蒙山头顶的雪
说到挺直的腰身，没有爱够的亲人

也说到抗争。一生的花期，被冰雪覆盖
说到叶子，你用锯齿，咀嚼暗夜与疾厄

要说写梅，真的难以下笔
就像写到母亲，我的笔，会不停地哽咽

9

十一月十六

冬日——游黄龙溪古镇 / 陈　琼

无须铺陈古镇的历史
石街、码头、人家以及树木
已经证实了岁月的久远

寒冷刚刚过去
今日微微萌发暖意
自由大概与此有关
在古镇四处游走的时候
人们流连忘返
差点忘记一些未竟事宜

现在，天色已晚
灯光将白天的风景全部抹去
我开始专注于明天的太阳

10

十一月十七

银装素裹的世界 / 陈树照

阳光让人睁不开眼睛
我们一边往山上爬
一边往下看
一些飞鸟投下振翅的影子
偶尔传来一两声清脆的鸣叫
很快就在松山空谷中消失

旷野被大雪覆盖
银装素裹的世界
看不到尘土　肮脏
连枝头那些乌鸦先生
也嬗变为白鸟　坡上
刚刚留下的深黑脚印
瞬间就被风雪抹平

大雪纷飞　天地混沌
临近傍晚　我们回到城市
拥挤的洗头房　泡脚坊　大酒店
在风雪中依旧灯红酒绿
途中碰见的那个身穿白狐大衣的人
偶然回首　让人突然想起
这是另一个世界

11

十一月十八

大　雪 / 郭晋芬

如何诠释一个人一生的爱恨
一场大雪足矣
先是甜，情投意合的甜
羡煞旁人的甜
之后是白，预谋的白，白虎的白
要人命的白堆积，掩埋
逼至山神庙外

聚啸山林的好汉
一生
未得昭雪

12

十一月十九

雪 / 黑骏马

大雪
是故乡的被子吗

许是还没来得及
缝好

里面盖着它的娃娃
外面露着
白白的棉花

13

十一月二十

诞　生 / 胡刚毅

冬天的树根，仿佛一辈子
见不到阳光的土拨鼠
生活折叠在地下的阴影里

一位根雕家
化腐朽为神奇的大师
为阵痛中的你来接生：
一双眼，炯炯有神
一只鼻，嗅春天气息
一个微笑，拍打干渴的目光
一张嘴，翕动细语：
还要一颗跳动的心
血要涌流……

14

十一月廿一

悲　欢 / 周园园

天空逐渐暗下去
风吹过冬日枯萎的枝条
轰轰烈烈的盛夏已经结束
此时是如此宁静
摊开一张格子纸
你准备写下什么？
还有哪些需要表达的？
记忆穿过岛上滴水的隧道
越来越碎片化
重回故地
再也找不到明确的爱情美学
而在最熟悉的地方，透过玻璃窗
你仍然受困于某些形而上的
无序又虚妄的本质

15

十一月廿二

寒风颂 / 黄挺松

我服膺于化身其中的寒风
一直从骨骼丛林里抖落必然的细软。

温度圈养的人，失去手感地摸索裤袋。
而氟利昂骗过窗檐下碎裂的冰凌。

他们的聪敏色素沉淀，像冻灰扑进淤泥，
我们不约而同踩踏过僵硬的脖颈。

宛如压缩的天牢扼住了我们的困惑，
时间坦率出更多雪线，虚无领取屋穹。

但马里亚纳海沟报答了它深蓝的质问
——"它每年在吞噬数亿吨海水"。

赶往高处汇聚的途中，帝企鹅或海豹
衔着冷焰的火把，往我们的乌有之乡

点播进它们种子版的讣告和祭文。
——亚热带的寒风自尽在我们的隆冬。

16

十一月廿三

访友不遇 / 王文军

傍晚下起小雪，想起
住在山中的一位老友
披一件长衣，拎一壶烧酒
去看一看他清修的岁月

山路崎岖，别来日久
走了很远，却想不起他的住处
甚至，也忘记了他的姓名

回来的路上，雪早就停了
猛抬头，看见
满天极美的繁星
我突然泪流满面
我在哪里，我是谁

17

十一月廿四

井冈雪韵 / 邝 慧

如箭的乱雪里
在旷世柔情中缄默的群峰
逶迤成腾飞的巨龙
林立的苍松劲柏，伸长无数条胳膊
擎举起生生不息的希冀和坚韧

广袤的苍穹下，黄洋界傲然挺立
肃穆成银色世界里不可仰望的高度
战壕、迫击炮、胜利纪念碑
述说着金戈铁马、英雄逐鹿
镰刀斧头锻造的凌云壮志
与日月同辉、山川共存

18

十一月廿五

清晨
枝桠间欢快蹦跳的松鼠
震落一地玉屑
雪落的声音宛若梵乐
轻盈、美妙

这一场雪
欢乐或凄苦中摇曳的童话
如此之深，镌刻在游子苍凉的心上

我用热唇亲吻这个寒冬的清晨 / 李仁波

南国的冬
时热时冷
总是这样的阴晴不定
而我的内心
却依然如故地热忱
就像这个注定忙碌的周末
我愿意用奔跑的姿势
驱散内心的孤寂与寒冷
我愿意用热唇
亲吻这个寒冬的清晨

19

十一月廿六

大 雪/林 萧

那年那月，我们结伴同行
乡村的景象逐渐萧瑟
大白菜在地里冬眠
草垛抱紧每一根草取暖
那年那月，我们相拥而泣
却融化不了归家的路
睡梦中，大雪封山
所有与你有关的消息
所有的爱与颤抖
都来不及传递

20

十一月廿七

浮 冰 / *灵岩放歌*

惊天动地的崩裂声中
自大川而下
怀着原始的夙愿
翻滚着、漂浮着
奔向远方
在温暖的怀抱中
流淌着白色的血
逐渐流逝在梦升起的地方
最后她笑着说：我终于回来了

21

十一月廿八

冬至：江南的雪花 / 顾艳龙

江南的雪花是只只蜂鸟
发出苏北的妈妈声音
十年前的雪，二十年前声音
都是从前

近处的落雪了无痕
远方的厚雪
早已覆盖了地下的妈妈
你冷吗

22

冬　至

穿过雪花啊无数翅膀
我的心穿过了只只蜂鸟
还是童年的梦
依偎到妈妈温暖身边

雪中访友帖 / 马启代

一定要找一位好友
他一定在雪原的深处
内心有荒郊的人
这样的天气，他一个人一定在下雪

宜步行，穿越野外
仔细听积雪反抗脚板的声音
雪花都是个体主义者
可这无边的世界堆满集体主义美学

我早不是行吟客
无马可骑，也没有江山
爱红颜，也爱烈酒
雪地里写满暴力，但长啸会有雪崩

做一位嫉恶如仇的书生
剑气已聚于丹田
这白茫茫的天下到底是谁的
除了爱情和友情，究竟会发生什么

23

腊月初一

平安夜 / 罗紫晨

圣诞的颂歌打开了橱窗
和繁星一样
为次日浑圆的太阳
作隔夜的预热

量产的祝语似幻似真
笑声忽远忽近
仿佛所有的夜晚
在这里，走出了时间
仿佛所有的明天
在此时，拨动了指针

唯一走神的
是挂在树上的彩灯
它们罔顾其他
一圈一圈
为常青的假树
缠上彩色的年轮

24

腊月初二

加拿大萨斯卡屯圣诞观灯 / 于慈江

雪花飘飘如一面巨大的筛子
无边的田陌于是浑浑然
一片宁静辽远的银白
此时的阁楼哈着热气纷纷爬进
星辰淡远的多梦之夜
五颜六色的灯影下
便白蘑菇般顶起一家家
壁炉前温暖团圆的秘密

谁家门前一只歇脚的黑猫
独自默默洗脸
大街上红衣白颜的圣诞老人
正打着哈欠守夜值班

25

腊月初三

冬 天/杨生博

波浪藏进水里
抑制着激情
绿色钻进土里
黑瘦了枝条
风，再也不是妈妈的手
雪，拐着弯儿飘进人的心灵
火炉旁的人，搓着手
贪婪地吸收着热能

我知道了，冬天的冷
正孕育着春天的风

26

腊月初四

冬日月镰 / 王长征

水泥铸就的黑色森林
在寒冷中静默
三三两两的行人月下行走
银色的脚尖抖动白色花朵
孤独的身影泛出灰白

弯弯月镰，这低眉颔首的少女
洁白的脸庞思忆着美与沉静
那些晚归的人低头走着
时不时紧紧袖口与衣领
走过颜色苍白昏睡的大街
夜色如水
静静洗濯逐渐明亮的梦

在这荒凉落寞的冬日
无数灵魂潜伏的梦境
被浩渺无穷的天空收割
粉红的梅花在小区花坛一角
轻吐着醉人的情话
有谁倾听大地上的忧愁

27

腊月初五

雪 国 / 月 剑

把灵魂交出去
交出去，我们所有的
值得被歌赋的东西
以及，所有的伤痕累累
在雪国，我驾神雕航行在
这无与伦比的世界
我知道，你也正在走来
踽踽独行，满怀一种莫名情愫
我们终将相遇
而这，终将都是美丽的事情

28

腊月初六

让天使的翅膀支撑冬天的辽阔 / 张 奕

确定有比北风更凛冽的风景
比冬阳更虚弱的温暖
蓝天被霾遮掩

很多时候，诗歌无力适应纯粹
但可以适应欲念，虚妄
适应波澜不惊下的暗流涌动
和空气流动着些许希望的疼

在人群里
那些表情丰富的人
把最深的寂寞兑换成笑靥
派发给这无常的、破碎的深沉

29

腊月初七

每天清晨，我把我隐藏在我里
赶赴一场虚实拼接的人生

何时，能把灵魂的清透
和蓝天衔接得天衣无缝

让天使的翅膀支撑冬天的辽阔

寒　村 / 鱼小玄

每一树，都蘸过浓重秋色，
等霜等雪，从屋瓦落下来。霜雪却
比去年慢，剥棉籽的女人，拆了旧袄。

栗树在坡边，毛栗子敲击大地。
柿树在村后，柿柿都裹满了浓蜜。
枣树在土祠前，褐泥的神佛也要打枣。

打枣人唱起歌子，他尚未穿上袄子：
"霜雪下来呀，我的爱人呀……"
"枣子红了呀，你也脸红呀……"

30

他将枣子捧入箩筐，摇动箩筐
也摇动了积雪的峻岭。雪线往山脚
压了下来，压入进村的土路。

腊八节

他的爱人，那个拆完旧袄的女人，
裁开了陪嫁来的，几匹大红新棉布。

"枣子红了呀，穿红袄子呀……"
"你羞什么呀，到我怀来呀……"
打枣人推入屋门，他怀中是睡熟的枣子。

送一送日落：致新年 / 徐俊国

弯腰的彩虹，完成了辛苦的弹奏。
我是一架走累的竖琴，
终于可以坐下来了。
虽然命有雪花，但我的靠山是整个春天。

欢乐是木质的，悲伤是澄澈的，
生而为人，总是值得的。
最后一次日落，美如乡愁的日落，
我来送一送。

无论向什么告别，如何告别……
都要有礼貌，仪式感也必不可少。

31

腊月初九

无论是我们看不清世界，
还是世界让我们看不清自己，
在每一个黑白交替的时刻，
哭着辨认，继续爱。

因为送过日落，
我获得了迎接日出的资格。

编　后　记

从 2017 年开始，我着手编选《每日一诗》（又名《中国新诗日历》），至今已有 5 个年头了。这部具新诗日历性质的诗歌选本先后由西北大学出版社与江西高校出版社出版，自 2020 年起，由中国文史出版社负责出版。由于我坚持连续性地认真编选《每日一诗》，广大诗人与诗爱者对这部年度诗歌选本越来越认可与肯定，当中国文史出版社出版《每日一诗（2021 年卷）》之后，该书的美誉度似乎达到了一个高潮，它不但受到了诗坛人士的广泛关注与普遍好评，连该书的责任编辑都认为"《每日一诗》是品牌诗歌选本"，受此鼓励，我决定与中国文史出版社继续愉快合作，继续编选《每日一诗（2022 年卷）》，以不负海内外广大诗人朋友与诗爱者对我的厚爱与支持，也不负责任编辑对我本人编选工作的高度肯定。

与往年一样，在编选《每日一诗（2022 年卷）》一书时，我仍然遵循自己一贯的编选思路，以春、夏、秋、冬四大时间板块的排序来呈现一年四季的风景，将它们作为这部诗选的主题内容与编排方式。《每日一诗（2022 年卷）》一书收入了海内外华语诗坛上 365 位当代著名诗人、实力诗人与诗坛新秀的与风景有关的精短诗歌作品 365 首（一人一首诗），这些诗作在重点表现自然主题的同时，衍生出丰富性、深刻性的思想主题，形成自然主题与其他主题交响共鸣的动人局面，这堪称《每日一诗》在内容层面最大的特色与亮点之一。而人们比较普遍赞誉这部诗歌选本印制精美，设计一流，图文并茂，赏心悦目，而且所选作品风格丰富多彩，具有很高的审美鉴赏价值，则属于形式层面的特点了。

《每日一诗（2022年卷）》征稿启事在中诗网发布后，在诗人朋友圈内引起了热烈反响与积极回应，在短时间内，我就收到了几千份诗歌稿件，这些稿件数量已经远远超出了这部《每日一诗（2022年卷）》的篇幅容量。我在此衷心感谢海内外广大诗人朋友对我诗歌编选工作一如既往的大力支持！借此机会，我要向中国文史出版社表达我个人的谢意与敬意，感谢他们对我主编的《每日一诗》给予高度重视与充分认可，我要为他们身上可贵的诗歌文化情怀点赞！同时，我也要非常感谢责任编辑全秋生先生热忱、真诚的编辑态度，并对他极为精湛的业务水平与十分出色的编辑能力深表赞赏！

在《每日一诗（2022年卷）》一书的具体编选过程中，我的弟子陈琼、孙文敏，以及盛奇敢、袁静怡、温翔宇、查金月、赵秦、睦颖菲、李翌萱、郑子菲、盛媛媛、田华昕、连欣欣、王梓羽、明雪纯、张水秋、邓卓凝、唐丽芝、王钰婷、吴寒冰等北京师范大学（北京校区与珠海校区）的学子们，先后参与其中，帮忙做了书稿诗作的文字录入与初步编排及校稿工作。同学们参与到我的诗歌编选工作中来态度是积极而热情的，他（她）们内心深处对于诗歌与诗人的尊重、欣赏、热爱态度与情感，是我从事诗歌编选工作及研究工作不可或缺的动力之一，在此向同学们表示真诚的谢意。

作为编者，我个人希望自己主编的、在年末阶段出版的《每日一诗》，能够作为一个非常美好的新年礼物奉献给广大读者。祝愿即将到来的2022年每一天，都有一首诗歌照亮我们的内心世界，让我们每天与美好的诗意结伴而行。每日一诗，滋养灵魂，把每一天都过成诗！

是为后记。

谭五昌 2021 年 10 月 19 日下午
写于北京京师园

图书在版编目（ＣＩＰ）数据

　　每日一诗. 2022 年卷 / 谭五昌主编. -- 北京 : 中
国文史出版社，2021.12
　　ISBN 978-7-5205-3377-5

　　Ⅰ．①每… Ⅱ．①谭… Ⅲ．①诗集－中国－当代
Ⅳ．①I227

　　中国版本图书馆 CIP 数据核字 (2021) 第 250017 号

责任编辑：全秋生

出版发行：中国文史出版社
地　　址：北京市海淀区西八里庄路 69 号　　邮编：100142
电　　话：010－81136602　　81136603　　81136606 （发行部）
传　　真：010－81136655
印　　装：北京温林源印刷有限公司
经　　销：全国新华书店
开　　本：787×1092　　1/16
印　　张：24　　字数：380 千字
版　　次：2022 年 1 月北京第 1 版
印　　次：2022 年 1 月第 1 次印刷
定　　价：68.00 元